KB080206

목소리, 나를 담다

목소리,

나를 담다

조윤경 지음

온전한 목소리와 나

한 농장 주인이 숲속에서 독수리를 잡았습니다. 그는 독수리를 데려다 농장에서 닭과 함께 생활하게 했습니다. 그로부터 몇 년 후 동물학자가 농장에 찾아와 닭장 속 독수리를 보았습니다.

"왜 여기에 독수리가 있지?"

동물학자는 닭장에서 독수리를 꺼내 독수리가 다시 하늘을 날 수 있게 해주고 싶었습니다. 하지만 밖으로 나온 독수리는 날기는커녕 닭장으로 돌아가 모이를 먹는 데 정신이 팔렸습니다. 그 모습을 본 농장 주인이 동물학자에게 말했습니다.

"저 독수리는 이제 닭이라니까."

그래도 동물학자는 포기하지 않고 매일 농장을 찾아와 지붕 위와 높은 산꼭대기를 오가며 독수리에게 날개짓을 하게 해주었습니다.

"독수리야. 날개를 활짝 펴고 하늘 높이 날아보렴."

그러던 어느 날, 마침내 독수리는 태양을 마주 보았습니다. 커다란 날개를 활짝 펼친 독수리는 독수리답게 날카로운 울음소리를 내며 결국 하늘을 향해 날아올랐습니다.

나와 내 목소리

환경에 잘 적응하기 위해 억지로 맞춘 것들을 '나'라고 생각하며 지내진 않으셨나요? 어쩌면 우리의 목소리도 상황에 적응하며 일부러 맞춰버린 습관일 수 있습니다.

우리는 모두 매력적인 목소리를 가지고 태어났습니다. 단지 있는 그대로 온전히 내어 보지 않았을 뿐, 또 나다운 목소리를 아직 찾지 못했을 뿐입니다. 밖으로 향하는 의사소통의 도구로서 목소리 이전에 '내 안에서 나와 밖으로 전해지고 그 소리와 진동이 다시 내 귀로 전해지는' 목소리, 저는 그것을 나누고자 합니다.

20대 후반, 보이스 컨설턴트를 시작한 지 얼마 되지 않았을 때, 저는 카리스마 있는 이미지를 만들고 싶었습니다. 그래서 단호한 어투를 내어 보기도 했죠. 하지만 그 목소리는 진짜 제 목소리가 아니었습니다. 저와 제 목소리 사이에 괴리가 생긴 것입니다. 그래서 저는 생각을 바꾸었습니다. 강한 카리스마 대신 '따뜻한 카리스마'를 가진 사람이 되기로 말입니다. 그 후 제 목소리에는 '따뜻함과 부드러움'이 담겼습니다. 카리스마 있는 목소리를 만들기 위해 노력하는 건 힘들었는데, 제 내면에 어울리는 목소리를 내는 데는 오랜 시간이 걸리지 않았습니다.

저는 왜 강한 목소리를 갖기 원했을까요? 제가 정말 원했던 건 사람들에게 이야기를 잘 전하는 것이었습니다. 그러기 위해 강한 카리스마가 필요하다고 생각했죠. '딱딱한 것은 절대 부드러운 것이 될 수 없다. 그러나 부드러운 것은 때에 따라 강한 것이 될 수 있다.'라는 말처럼 아무리 강해 보이고 힘든 사람일지라도 시간이 지나면 의자에 기대있던 몸이 점점 앞으로 다가 오는 걸 경험하게 되었습니다.

우리는 목소리 진동 속에서 일상을 보내고 자연스럽게 소리에 물들게 됩니다. 이렇게 목소리는 내 안과 밖을 연결하고, 나와 다른 사람을 연결해 주며, 더 나아가 나와 세상과의 연결을 돕습니다. 닭장에서 닭으로 살던 독수리처럼 외부 환경은 우리가 선택할 수 없지만 내 안의 환경은 우리가 선택할 수 있습니다.

1부 〈목소리, 알다〉에서는 나와 지금의 내 목소리에 대해 조금씩 알아가고자 합니다. 내 목소리를 그대로 듣고 이해하되 비교하지 않는 것은 무엇인지, 내가 언제 불편한지, 내가 어떤 가치를 가졌는지 함께 찾아보는 시간입니다.

2부 〈목소리, 만나다〉는 타성에 젖은 습관적인 목소리 대신 새로워지는 내 목소리를 경험하도록 도울 것입니다. 나의 내면을 적어보고(가치, 욕구, 직업 등) 목소리와 연결해 내가 원하는 목표를 정하는 것부터, 나에게 맞는 편안한 톤과 울림, 그리고 복식호흡으로 매력적인 목소리가 밖으로 잘 나올 수 있도록 실질적인 방법을 제시합니다.

3부 〈목소리, 사랑하다〉에서는 내 마음을 시에 담아 낭송해 보고, 사람들과의 관계에서도 나와 상대방 모두 행복해지는 대화의 방법에 대한 이야기를 담아 보았습니다.

목소리에 담아내는 내 삶의 변화

'목소리, 나를 담다'라는 제목은 2년 전 이미 제 마음속에 있었습니다. 이 제목이 제가 하고자 하는 말인 건 분명한데, 글을 써 내려가기는 쉽지 않았습니다. 내면과 외면의 조화로운 목소리를 위해 밖이 아니라 안을 더 살펴야 한다고 말하고 싶었기 때문에 제 내면을 바라보는 시간이 더 많이 필요했습니다.

그 길에서 명상을 만나게 되었습니다. 호흡을 하고, 그 호흡에 소리를 담고, 그 소리를 귀로 듣는 일은 그 자체만으로도 지금 이 순간 존재하는 있는 그대로의 나를 발견하게 했습니다. 명상은 '목소리 경험'만으로 부족했던 제게 마지막 퍼즐이 되어 이 책을 완성시켜 주었습니다.

장마다 소개하는 명상은 '과거의 경험과 지금 일어나는 일이 다르다는 것(건포도 명상, 호흡 명상, 알아차림), 나는 이미 온전하다는 것(산 명상), 내가 소중하듯이 다른 사람들도 소중하다는 것(자애 명상)'을 경험하는 데 도움을 줄 것입니다.

목소리를 낸다는 건 내 마음을 내어 보는 일이며, 목소리를 듣는다는 건 내 마음을 듣는 일입니다. 마음속에 있는 소리를 자유롭게 밖으로 내어 보세요. 그리고 그 소리에 귀를 기울여 주세요. 당신이 나아가는 걸음마다 당신의 목소리가 동행할 것입니다. 나이테가 나무의 삶을 말해주듯 당신의 목소리에도 당신의 삶이 고스란히 담겨 있을 것입니다.

'내가 나 자신을 있는 그대로 수용할 때 비로소 변화할 수 있는 것이다.'라는 칼 로저스의 말처럼, 내 목소리를 있는 그대로 받아들일 때 목소리의 변화도 시작될 것입니다.

이 책이 그 출발점이 되었으면 좋겠습니다.

겉멋과 거짓이 없는 좋은 책

조윤경 작가는 어릴 적에 말을 더듬고 독서를 싫어했다. 그리고 선천적으로 성대마저 약했다. 그녀는 지금 목소리가 인생을 바꾼다고 믿는 보이스 컨설턴트로서의 소명을 품고 살아가고 있다. 그녀의 목소리는 부드럽고 나긋하다.

나는 그녀를 처음 만났을 때의 목소리 톤과 리듬과 메시지를 생생하게 기억한다. 이 책을 읽으며 나는 실제로 대화하듯 저자의 목소리가 주는 고저와 강약의 기류를 함께 따라갔다.

저자가 들려주는 목소리는 분명하다.

'당신은 매력적인 목소리를 갖고 태어났다. 단지 자기 안에 얼마나 아름다운 소리가 있는지 아직 찾지 못했고 밖으로 온전히 내어 보지 않았을 뿐이다. 나는 내가 바라는 목소리를 가질 수 있고 그 목소리가 내 삶을 변화시킬 것이다.'

제임스 길모어Gilmore, James H.는 진정성은 '스스로의 이미지에 일치하는 내면과 외면의 조화'라고 규정한다. 외면적 이미지outer image와 내면적 자아inner self가 일치한다면 좋겠지만 가면을 벗는 순간 벌거벗게 되는 사회적 인간은 그렇게 살 수 없다. 그래서 외면적 이미지와 내면적 자아 사이의 조화와 균형이 중요하다. 이 책은 목소리의 외면에만 집중하지 않고 내면에서 울리는 나다운 목소리를 찾고 가꾸라고 말한다. 이 책은 겉멋과 거짓이 없다. 그래서 좋은 책이다.

책에는 나만의 목소리를 찾고 가꾸는 알짜배기 노하우가 가득하다. 하지만 단순히 목소리 트레이닝만을 다루지 않는다. 부드러운 인문학적 향기가 나는 자기경영 입문서, 이 책을 한마디로 요약하자면 나는 이렇게 말하겠다.

더자기The Self 연구소 오병곤 대표, 〈내 인생의 첫 책 쓰기〉 저자

나다운 목소리를 찾는 행복의 여정

나는 그녀를 처음 보자마자 마음을 사로잡는 그 목소리에 반했다. 그러고는 대뜸 "저 목소리 코칭 받을 수 있을까요?" 라고 여쭈었다.

조윤경 소장님의 목소리 코칭 이후 내 목소리에 힘이 있고 신뢰가 느껴진다는 많은 이들의 칭찬이 쏟아졌다. 국내외 많은 사람을 만나 강의를 진행하면 거의 온종일 목을 쓰기도 한다. 그럼에도 목의 통증 없이 일정을 소화해 낼 수 있는 것은 '나에게 편안한 톤'과 '복식호흡'을 배우고 꾸준히 연습한 덕분이다.

놀라운 변화를 경험하고 나는 우리 마인드 스쿨의 마인드 파워 패밀리에게도 소장님의 매력 보이스 수업을 권했다. 그리고 기대했던 대로 많은 이들이 '나다운' 목소리를 찾아가며 엄청난 자신감을 얻게 되었다.

목소리는 소리를 내는 스킬만 익힌다고 되는 것이 아니

다. 자신의 내면을 찾고 그 방법이 제대로 장착되었을 때 나만의 매력적인 목소리가 발현된다.

어느덧 조윤경 소장님과의 인연도 12년이 넘었다. 매 순간 작은 것 하나 소홀히 하지 않는 그녀를 보며 같은 일을 해도 온 마음을 다하는 한결같은 사람이란 것을 느꼈다.

그녀는 지난 12년 전, 목표로 했던 모든 것을 자신의 페이스대로 차근차근 이루어냈다. 나다운 목소리 찾기를 돕는 진정한 교육자로서 살아온 그녀가 드디어 첫 책을 출간한다니 한없이 기쁘다.

생각을 조금만 바꿔도 삶의 변화는 놀라울 정도로 크게 일어난다. 13년째 마인드 파워 교육을 이어오며, 삶을 힘겨워하는 수많은 사람들이 마인드 파워로 인생 반전을 이루는 모습들을 지켜보았기에 더욱 보이지 않는 변화의 힘을 확신한다.

'목소리, 나를 담다'는 단기간에 읽고 끝내는 책이 아니다. 나에게 맞는 목소리를 찾을 수 있는 긍정적인 마인드와 목소리의 변화를 함께 이끌어낼 수 있는 조윤경 소장님만의 방식으로 당신의 삶은 더 플러스 행복으로 연결될 것이다.

마인드 파워 스페셜리스트 조성희 대표, 〈더 플러스〉 저자

차례

제 1 부

목소리, 알다

| 1장 |

내 목소리에
담겨 있는 나

몇 년 전 한 도서관에서 수업을 한 적이 있다. 보통 도서관 수업은 '나도 한번 들어볼까?'하는 가벼운 마음으로 신청하는 수강생이 많다. 그래서 학원 수업보다 더 다양한 분들을 만나게 된다. 지금 소개하려는 수강생분 역시 그렇게 도서관에서 만난 특별한 인연이었다.

01 저도 자신감이 생길까요?

수업을 시작한 첫날, 강의실에는 스무 명 조금 넘는 사람이 모여 있었다. 대부분 호기심 어린 눈으로 나를, 그리고 무대를 응시했다. 그녀는 강의실 가장 끝에서 고개를 숙인 채 앉아있었다.

간단한 소개를 마치고, 늘 하던 대로 내 이야기를 했다. 지금 여러분 앞에 서서 강의를 하는 나는 사실 청소년기에 말을 더듬었던 사람이었다고. 그러자 그녀가 고개를 들었다. 부끄러운 듯 시선을 피했지만 이야기를 듣고 있다는 듯 엷은 미소를 지었다.

"여러분이 어떻게 여기에 오게 되셨는지 궁금해요. 첫 시간인 오늘은 여러분의 간단한 소개와 수업을 통해 얻고 싶은건 무엇인지 말하는 걸 녹화할 거예요. 그래야 4주 후 내가얼마나 좋아졌는지 알 수 있으니까요."

수업 내내 소극적이던 그녀가 걱정됐다. 그래서 나름의선택권을 주기로 했다.

"모든 분의 이야기를 듣고 싶지만 오늘은 인원이 많아서 원하는 분만 녹화할게요."

아니나 다를까. 그녀를 제외한 모두가 무대 위에 나와서자기소개를 마쳤다. 잠시 정적이 흘렀다. 수업을 이어 가려던 찰나, 그녀가 느린 걸음으로 무대로 나왔다. 첫마디를꺼내기까지 오랜 시간이 필요했다.

"사람들 앞에서 말하는 게 처음이에요."

나 역시 그런 목소리는 처음이었다. 그동안 들었던 목소리 중 가장 작았고, 가장 느린 목소리였다. 마치 오랫동안

말을 하지 않고 침묵만 지켜 온 사람 같았다. 그녀는 그 말
한마디를 처음이자 마지막으로 무대에서 내려왔다. 그래도
그녀 스스로 무대 위로 나온 그 용기에 감사했다.

"잘 오셨어요."

수업이 끝난 후 그녀에게 다가가 말을 걸었다. 그녀는 차
분한 가족과 조용한 집안 분위기 속에서 생활한 탓에 가까
이에서 귀 기울여도 잘 들리지 않는 목소리를 갖게 되었다
고 했다. 그리고 나에게 물었다.

"수업을 들으면 저도 자신감이 생길까요?"

평소에도 자주 듣는 질문이었다. 그런데 그녀의 질문은
평소와는 조금 다른 느낌이 들었다. 간단한 답변과 함께
'수업에 빠지지 않고 열심히 함께 한다면 분명히 자신감을
가지실 거예요.'라고 말해주었다.

세 번째 시간이 되었다. 휴교를 할 만큼 그 해 들어 가장
강력한 태풍 예보가 있던 날이었다. 수업을 강행해야 할지

많은 생각이 오갔다.

'도서관 수업도 휴강해야 하지 않을까? 수강생들도 오기 힘들 텐데……. 하지만 네 번의 수업 중 한 번이라도 휴강을 하게 되면 과연 사람들이 원하는 변화를 만들 수 있을까?'

긴 고민 끝에 수업 강행을 결정했다. 머릿속엔 '그녀'가 떠올랐다.

'그녀가 꼭 와주었으면 좋겠다.'

태풍을 뚫고 수업 시작 5분 전쯤 도착했다. 그리고 가장 먼저 그녀가 왔는지 살폈다. 다행히 그녀 역시 늘 앉던 그 자리에 앉아 있었다.

어느덧 마지막 수업 날 소감을 이야기하는 자리에서 그녀는 눈물을 흘리며 말했다.

"(태풍 속에 수업을 한) 지난 주 집으로 가는 길에 우산 속에서 '감사합니다.', '사랑합니다.', '내 목소리는 매력적이다.'라고 소리를 크게 내봤어요. 눈물이 났어요. 내 목소리를 태어나서 처음 제대로 들어본 거였어요."

나도 그녀처럼 눈물이 났다. '수업을 들으면 저도 자신감이 생길까요?'라는 질문에 스스로 답을 찾은 것 같았다. 적어도 그녀는 많은 사람 앞에서 자신의 경험을 목소리로 전할 수 있었다. 그 수업을 계기로 삼아 자신의 목소리를 내고, 듣고, 그리고 다른 사람과 공유하는 것이 더 편안해졌기를 기원한다.

02 말은 당신과 닮아 있다

평소에 어떤 단어를 주로 사용하는가? 수첩에 적어 보자. 일주일 동안 과제를 해 본 어떤 이는 '제가 욕을 그렇게 많이 하는 줄 몰랐어요. 운전할 때 욕을 많이 하더라고요.'라고 하기도 했다. 이 과제는 나도 모르게 생각지도 못한 말들이 나오는 걸 경험하거나 평소에 신경 쓰지 않았던 나의 말 습관을 알려 준다.

단순히 긍정적인 말을 사용하자는 것이 아니다. 내가 하는 말은 의식하지 않아도 내가 먼저 듣는다. 그리고 상대에게도 전해진다. 내 입에서 나오는 말을 그냥 흘려보낼지 아니면 조금 더 신경 쓸지는 당신의 선택이다. 조금이라도 더 나은 말을 쓰고 싶다면 지금부터 내가 하는 말에 주의를 기울여 보자.

나는 '안녕하세요.'로 만남을 시작해 '감사합니다.'로 마무리한다. '안녕하세요.'는 상대방의 건강과 편안함을 바란다는 의미이다. '감사합니다.'는 나에게 시간을 내주어 고마운 마음을 담은 말이다. 당연한 말 같지만, 그 당연함에 주의를 기울이면 말의 속도가 달라지고 마음은 더 겸손해진다.

상대를 향한 고마운 마음을 말에 담아 보내면 정말 감사할 일이 많아진다. '떡이 생기냐, 빵이 생기냐.' 할 수도 있다. 그런데 경험해 보니 떡도 생기고 빵도 생겼다.

『자연스러움의 기술』의 김윤나 작가는 주변 사람에게 '요즘 어떻게 지내세요?'라는 말 대신 '요즘 잘 느끼고 사세요?'라는 말을 한다고 했다. 당신은 어떤 말을 나누고 싶은가? 인사도 좋고 감사의 말도 좋다. 새로운 말도 좋다. 당연한 말이라도 그 말의 의미를 한 번 더 생각하면서 진심을 담아 표현해 보자. 목소리와 표정, 행동에 자연스레 내 진심이 담기고 상대는 그 마음을 느끼게 될 것이다.

03 목소리에 담겨 있는 것과 담고 싶은 것

내 입에서 목소리가 나오는 순간 상대에게 전해진다. 그리고 다시 내 귀와 몸으로 돌아와 스며든다. 그 소리가 쌓여서 나만의 색깔이 담긴 내 목소리가 된다. 우리는 목소리를 통해 '긍정적인', '부정적인', '따뜻한', '차가운', '여유로운', '단호한', '부드러운' 등 여러 가지 느낌을 주고받는다. 목소리를 구성하는 요소와 느낌을 정리해 보았다.

내 목소리는 어떤 색일까?

사람마다 제각각 다른 '어투'에는 '나는 어떤 사람이다.'라는 '신념'과 '이런 사람으로 보이고 싶다.'는 '의도'가 담긴다. 우리는 어투를 통해 '단호한', '따뜻한', '긍정적인', '자신감 있는', '부드러운' 등의 느낌을 전해 받는다.

'소리 크기'에는 '에너지의 방향'이 담겨 있다. '내향적인',

'외향적인', '자신감 있는', '소극적인', '적극적인', '열정적인' 등의 느낌을 전할 수 있다.

'발음'은 '정성'을 담을 수 있다. '지적인', '신뢰감 있는', '명료한' 등의 느낌을 전해 줄 수 있다. '말의 속도'는 우리의 '성격'을 닮았다. '여유로운', '느긋한', '급한' 등의 색을 입힐 수 있다.

'억양'은 자라온 환경을 대변한다. 친숙하고 개성 있는 느낌이 전해진다.

물론 나의 주관적인 견해이다. 하지만 어떻게 하면 원하는 모습을 담을 수 있을지 고민하는 이들에게 도움을 주기 위해 함께 고민하고 경험하며 정리했다. 정해진 답은 아니다. 그러나 목소리 때문에 고민하는 분들에게 작은 힌트가 될 것이다.

만약 급한 성격의 내가 여유 있는 사람으로 보이고 싶다면 말의 속도를 조금 늦춰 보자. 물론 아무리 천천히 말해도 마음처럼 되지 않는 경우가 많다. 이때는 녹음을 해서 들어 보자. 평소 속도대로 말한 것과 '나는 여유 있는 사람이다.'라고 되뇌며 말한 것을 비교하며 들어 보자. 내가 원하는 목소리는 어느 쪽에 가까운지 스스로 느껴 보는 것이다. 녹음할 때 기억해야 할 건 '천천히 말해야지.'가 아니다.

'나는 여유 있는 사람이다.', '나는 여유 있다.'라고 생각하며 말을 하는 것이다.

따뜻하고 부드러운 사람이 되고 싶은데 사람들에게 차갑다는 말을 많이 듣는다면 어투를 점검하자. 차가움과 따뜻함은 어투에서 느껴진다. 오랜 여운이 남은 듯 어미를 조금 더 길게 내면 따뜻한 인상을 준다. 앞서와 마찬가지로 평소 나의 어투와 '나는 따뜻한 사람이다.'를 생각하며 말하는 것을 녹음해서 들어 보자. 평소 어미를 길게 내지 않았다면 많이 어색할 수 있다. 그럴 때는 평소 따뜻한 음성이라 생각했던 주변 사람의 목소리를 듣자. 흉내 내자는 것이 아니다. 어떤 목소리로 말하고 있는지 귀와 온몸으로 느껴 보자.

소리에 표정 담기

오래전 수업에서 만난 한 남학생이 있다. 그는 사투리가 고민이라고 했다. 한 주 동안 기억에 남았던 일을 발표하는 시간이었다. 그는 엄마와 통화했던 이야기를 했는데, 통화만 하면 싸운다며 자신도 그 이유가 궁금하다고 했다. 분위기가 무거워지지 않도록 농담을 섞어 되물었다.

"혹시 용돈 달라고 하신 거 아니에요?"

그가 퉁명스럽게 대답했다.

"소개팅에서 만난 여자와도 다퉜어요."

나는 이미 그 이유를 짐작할 수 있었다. 해답은 바로 그
자신에게 있었다. 어머니와의 전화, 소개팅 상대의 이야기
를 전하는 내내 표정은 굳어 있고 말투도 격앙되어 있었다.
어머니와 소개팅 상대가 느꼈을 기분도 조금 이해가 됐다.
그는 정말 이해할 수 없다는 표정으로 어머니와 잘 지내고
싶고 소개팅 상대도 마음에 들었다고 했다. 그에게 진정으
로 도움이 되고 싶어 이번에는 진지하게 물었다.

"지금 거울 있으세요?"

주변에 계신 한 분이 거울을 빌려주었다. 평소 거울을 잘
안 본다며 어색한 미소를 짓는 그에게 거울을 보며 그때의
상황을 떠올려 보라고 했다. 그리고 엄마에게, 소개팅 상대
에게 했던 말을 그대로 해 보라고 했다.

처음에는 거울 속 자신의 모습을 보는 것조차 어색해 하더니 몇 마디를 내뱉어 보고는 깨달았다는 듯 '아, 왜인지 알겠네요.'하며 고개를 작게 끄덕였다. 문제는 이미 해결된 것이나 다름없었다.

"앞으로 부모님과 전화할 때 거울을 앞에 두고 하세요. 본인의 표정을 보고 이야기하는 거예요."

사람들은 누구나 자신도 모르게 습관적으로 짓는 표정이 있다. 그 표정은 평소 당신의 마음을 드러낸다. 표정에는 목소리가 담기기 때문이다. 예전에 큰 인기를 끌었던 한 예능 프로그램에서는 '웃는 표정으로 화낼 수 없다'는 사실을 증명했다. 화가 난 표정으로 '가만 안 둬.'를 외칠 때는 화난 상태가 그대로 전해졌지만 웃으면서 '가만 안 둬.'를 외칠 때는 화난 상태가 자연스럽게 전달되지 못했다.

내 말을 듣는 상대방이 다르게 받아들이는 경우가 자주 일어난다면 평소 나의 표정을 점검하자. 아무리 좋은 소리와 좋은 내용이라도 부정적인 표정이라면 전혀 다른 의미로 상대에게 전해질 수 있다는 사실을 기억하자.

소리에 표정을 담는 것은 소리에 마음을 담는 것이다. 이

것이 진심을 전하는 길이다.

목소리 자유롭게 하기

목소리가 자유로워지기까지 참 오랜 시간이 걸렸다. 아무도 방법을 알려 주지 않았다. 무엇보다 목소리가 자유로워진다는 것에 관심이 없었다. 자유를 갖는 것이 이렇게 좋은 것인지 미처 알지 못했다. 그렇다. 목소리도 자유로워질 수 있다.

'자유'를 초록창에 검색했다. 사전적인 의미는 '외부적인 구속이나 무엇에 얽매이지 아니하고 자기 마음대로 할 수 있는 상태'다. 그 의미를 빌려 목소리의 자유를 '무엇에도 얽매이지 않고 자신의 마음대로 목소리를 낼 수 있는 상태'로 표현하고 싶다.

처음에는 편안한 톤을 찾고 편안한 호흡법을 사용하여 소리를 내고 음의 초점을 맞추고 정성을 들여 나를 담는 것이 당연히 어색할 수밖에 없다. 그동안 소리 내던 방법과 확연히 다를 것이다. 다양한 방법으로 소리를 내다 보면 분명 다르게 다가오는 날이 있다. 스스로 좋은 에너지를 전해 받게 되기도 하고 어떤 날은 울컥 눈물이 나오기도 한다. 과정은 사람마다 다르다. 애쓰지 않아도 자연스럽게 거치는 과정이다. 목소리가 점점 자유로워지는 것을 느끼게 될 것이다.

💎 지버리쉬 명상

목소리를 자유롭게 하는 쉽고 빠르며 직접적인, 그리고 누구나 경험할 수 있는 방법이 있다. 바로 소리 명상 중 하나인 '지버리쉬 명상'이다.

소리 명상은 크게 듣는 것과 소리 내어 보는 것으로 나눌 수 있다. '지버리쉬 명상'은 소리를 내어 보는 명상이다. 방법은 간단하다. 의미를 담은 특정한 소리가 아닌 의도하지 않고 자유롭게 소리를 내어 보는 것이다. 처음에는 아무런 틀도 없는 자유로움에 당황스러울 수 있다. 어떠한 소리를 내야 할지 몰라 더 생각하게 만들기도 한다.

지버리쉬 명상을 처음 만난 날이 기억난다. 음악 명상 심리치유 연구소 이정은 소장님의 안내 하에 시작을 알리는 싱잉볼singing bowl 이 울렸다. 처음에는 내 소리를 내어 보는 것이 쉽지 않았다. 조금씩 소리를 내어 보았다. 소리가 나오고 끊기고를 반복했다. 그렇게 10분 정도의 시간이 흘렀다. 시간이 흐를수록 내 안의 소리가 점점 더 자유롭게 나오고 있었다. 그 자유로움은 소리가 아닌 몸의 움직임으로 먼저 알아차렸다. 팔을 올렸다 내렸다 하고 늘이기도 줄이기도 하며 의도하지 않은 소리와 몸의 움직임이 나타났다. 다른 사람들의 소리도 들렸다. 태어나서 처음 듣는 외계어였다. 어느 순간 화음이 맞춰지기도 했으며 오열하기도 했다. 이 시간이 끝난 후 함께한 사람들 모두 자신 안에서 이런 소리가 나올 것이라고 생각하지 못했다며 신기해했다.

어떻게 명상만으로 내 안의 자유로운 소리를 낼 수 있는 걸까? 평소 말을 하기 위해서는 말의 내용을 생각해야 한다. 그리고 말을 할 때 물리적으로 발성기관, 조음 기관의 움직임을 조절해야 한다. 소리가 나올 때는 상황에 따라 감정과 생각이 방해를 하기도 한다. 지버리쉬 명상에서는 그 모든 걸 내려놓을 수 있다. 아무 생각도 하지 않고 내고 싶은 말을 내는 건 나에게 소중한 경험이었다.

평소에 익숙한 언어일지라도 가끔은 하고자 하는 말을 완전히 전달하기 어려운 경우도 있다. 오히려 날 것의 소리에는 어쩌면 더 큰 의미가 담겨 있는지도 모른다. 해석은 본인만, 아니 본인도 못하는 경우가 더 많지만 말이다.

지버리쉬 명상의 방법은 매우 간단하다. 자유롭게 소리 낼 수 있는 공간만 있으면 된다. 편안한 복장을 하고 그 공간에 앉거나 눕거나 일어서서 아니면 아예 걷고 있어도 상관없다. 내고 싶은 소리를 내 보자. 단, 규칙이 있다.

• 의미 있는 소리를 내려고 노력하지 않는다.

• 시간은 30분 이상이어야 한다.

소리를 내다 힘들면 쉬어도 좋다. 누워서 자도 좋다. 몸이 움직인다면 춤을 추어도 좋다. 몸도 소리도 자유롭게 내어 보자. 처음엔 어떤 소리를 내야 하나 머리로 생각하겠지만 그것도 잠시일 뿐이다, 어느 순간 내 안에 있는 소리가 밖으로 나오고 있을 것이다.

| 2장 |

목소리에
나를 담기

모든 것이 완벽하다. 내 감각을 온전히 느끼면서 산다는 건 참 고마운 일이다. 풀내음을 맡고, 새 소리를 듣고, 아름다움을 보고, 맑은 공기를 피부로 느끼는 다양한 감각은 우리를 지금 바로 이곳에 있게 한다.

여느 때와 다름없는 토요일 아침이었다. 습관처럼 마스크로 코와 입을 막은 채 집을 나섰다. 인적이 드문 새벽 5시였다. 밤새 비가 내렸는지 나뭇잎엔 물방울이 맺혀 있었고 땅은 물기를 머금고 있었다. 주위를 살피곤 내 코의 감각을 막고 있던 마스크를 조심스레 벗었다. 그리고 깊게 숨을 들이마셨다. 풀내음이 진하게 코끝을 감쌌다. 청량한 공기가 피부와 접촉하는 느낌이 좋았다. 다양한 새들의 노랫소리가 들려왔다.

01 나에게 듣는다는 것

'시각과 청각 중 한 가지를 포기해야 한다면 나는 무엇을 포기하고 무엇을 선택할까?'

여러 감각 중 한 가지만 선택할 수 있다면 어떤 감각을 선택할까? 15년 전, 시각 장애인과 청각 장애인을 체험할 기회가 있었다. 처음엔 보이는 것이 더 중요하다고 생각했다. 오랜 고민 끝에 '듣는 것만큼은 포기할 수 없다.'는 결론을 내렸다. 그만큼 듣는 것이 중요했다. 사랑하는 사람의 목소리, 좋아하는 음악, 새들의 노랫소리…….

내가 듣고 있다는 것, 들을 수 있다는 것이 소중하게 느껴졌다. 내 귀에 전해지는 일상의 소리 하나하나가 빠짐없이 다 감사했다.

인간의 신체 감각 중 가장 빨리 발달하는 것이 청각이다. 엄마의 뱃속에서 이미 우리는 청각을 갖추고 태어난다. 실제로도 태아는 엄마의 옷자락이 배에 스치는 소리까지도 기억한다.

듣는 것이 왜 이토록 중요할까? 혹자는 귀는 두 개, 입은 한 개인 이유를 들며 듣는 것의 중요성을 말하기도 한다. 시청각 장애인이었던 헬렌 켈러는 이런 말을 남겼다.

보지 못하는 것은 사물과의 단절을 의미하나 듣지 못하는 것은 사람과의 단절을 의미한다.

그렇다. 듣는다는 건 나뿐만 아니라 상대를 위해서도 필요하다.

나는 듣는 것을 좋아하는가? 나는 어떠한 소리를 들을 때 기분이 좋아질까? 좋아하는 가수의 노래, 아름다운 악기 연주, 새들의 노랫소리, 아이들의 웃음소리, 빗소리…… 행복한 감정을 느끼는 소리는 사람마다 다르다.

그렇다면 내가 내 목소리를 들을 때는 어떠한 감정이 느껴지는가?

내 목소리를 듣는다는 건 내 마음을 듣는 일이다

당신은 더 좋은 목소리를 내기 위해 이 책을 들었을 것이다. 당장 목소리가 좋아지고 싶은데 방법은 설명하지 않고 계속 질문하고 답하게 하니 귀찮을 수도 있다. 생각해 보자. 자신이 내는 소리를 좋아하지 않거나 조금이라도 불편하다면 계속해서 목소리를 내고 싶을까? 몇십 년간 계속되어 온 목소리 습관을 바꾸는 것이 가능할까?

단순히 목소리가 좋아지는 방법을 알려주고 따라 하길 바라며 책을 쓰고 싶지 않다. 진정으로 당신이 목소리를 내는 것을 즐거워하기를 바라는 마음을 담고 싶다. 목소리 내는 것을 좋아하고 상대에게 잘 전달되는 것이 선순환 되어 당신의 삶이 더 풍요로워지기를 바란다. 그러니 이 책이 끝날 때까지 자신의 리듬에 맞추어 함께했으면 좋겠다.

목소리를 낸다는 건 내 마음을 밖으로 내어 보는 일이다. 목소리를 듣는다는 건 내 마음을 듣는 일이다. 내 목소리에 귀를 기울이고 들을 때 나는 나를 더 잘 이해할 수 있다.

💎 시를 낭송해 보고 녹음해 들어 보자

내가 가장 안전하다고 생각하는 장소에서 시를 낭송해 보자. 집일 수도 있고, 산책을 하는 공원일 수도 있다. 혹은 자주 가는 장소일 수도 있다. 편안한 복장과 편안한 마음이면 된다. 그리고 녹음할 수 있는 휴대폰도 함께 준비하자. 따뜻한 차나 미지근한 물을 준비하는 것도 좋겠다.

서시

윤동주

죽는 날까지 하늘을 우러러

한점 부끄럼이 없기를,

잎새에 이는 바람에도

나는 괴로워했다.

별을 노래하는 마음으로

모든 죽어가는 것을 사랑해야지

그리고 나한테 주어진 길을

걸어가야겠다.

오늘밤에도 별이 바람에 스치운다.

준비가 다 되었다면 내가 소리 내고 싶은 마음이 들 때 녹음 버튼을 누르고 소리 내어 읽어 보자. 내 귀에 전해지는 내 목소리는 어떠한가? 그 소리를 온전히 들어 보자. 평가하거나 판단하지 않고 소리 그대로를 듣는다. 누군가에게는 쉬운 일일 수 있지만 누군가에게는 힘든 일일 수 있다. 온전히 듣는다는 건 내 목소리를 있는 그대로 인정한다는 것이다. 내 안의 목소리를 밖으로 마음껏 낼 수 있도록 허용하는 것이다. 편안하고 안전한 상태에서 소리를 내어 편안했는가? 조금이라도 불편했다면 무엇이 나를 불편하게 한 걸까?

녹음된 음성을 들어 봤을 때 내 귀에 들리는 목소리는 어떠한가? 녹음된 음성은 다른 사람이 듣는 내 목소리이다. 실제 내 목소리와 가장 흡사하다. 상대는 공기를 통해 전해지는 소리만 듣지만 내 귀에는 공기를 통한 목소리와 두개골의 울림까지 합해져 실제 목소리(상대에게 전해지는 목소리)보다 더 낮게 들린다. 그러니 녹음한 목소리를 듣고 낯설게 느껴지는 것은 당연하다.

누구에게나 낯선 내 목소리

나는 어릴 때부터 듣는 것을 좋아했다. 하지만 누군가의 목소리를 듣고 그 힘을 느끼게 된 건 대학교 4학년 때였다. 취업 고민이 수면 위로 올라 온 그때 나는 라디오에서 흘러나오는 그녀의 목소리를 듣게 되었다.

"힘드시죠? 이 노래가 잠시라도 힘이 되었으면 좋겠네요. 노래 들려 드릴게요. SES가 부릅니다, 달리기."

꼭 나에게 하는 이야기 같았다. 그녀의 목소리는 '괜찮아.'라며 따뜻하게 위로해 주었다. 그녀는 바로 SBS 라디오 〈스위트 뮤직박스〉의 정지영 아나운서였다. 그날 이후 목소리로 사람들에게 힘을 줄 수 있는 DJ가 되고 싶었다.

당장 할 수 있는 일부터 찾기 시작했다. 마침 지역 라디오 방송이 개국한다는 소식을 들었다. 그것도 내가 사는 동네 '마포구'에 말이다. 나는 설레는 마음으로 라디오DJ에 지원했다. 테스트를 거친 후 마포FM 개국 멤버로 합류했다. 그리고 간판 프로그램인 〈12시 파워 충전〉의 주말 MC를 맡게 되었다. PD, 작가와 함께 몇 번의 회의를 하고 대본을 준비했다. 드디어 첫 방송을 하는 날이 되었다.

설렘과 떨림을 가득 안고 내 목소리를 세상을 향해 냈던 그날을 잊을 수 없다. 너무 좋아서? 아니다. 준비한 오프닝 멘트를 하는 동시에 헤드폰으로 전해지는 내 소리가 너무나 낯설었기 때문이다. 헤드폰에서는 평소 내가 듣던 목소리보다 높은 톤을 가진 여성의 목소리가 들렸다. 낯선 목소리에 집중할 수 없어 클로징 멘트를 할 때까지 헤드폰을 빼고 있었다.

자신의 목소리를 녹음해서 들어 본 적이 없다면 녹음된 목소리를 듣고 낯설게 느끼는 건 당연하다. '음성 직면 현상'이라는 의학 용어가 있을 정도이니 내 목소리 듣는 것을 조금 불편하게 느끼는 건 아주 일반적인 현상이다.

이 현상은 내가 생각한 목소리와 실제 목소리의 음의 높낮이가 다른 것 외에도 '자신의 목소리를 너무 적나라하게 듣기 때문'이라는 연구도 있다. 여러 음성적 특징이 녹음된 목소리를 통해 객관적으로 듣게 된다는 것이다. 여기에는 얼마나 긴장했는지, 얼마나 망설였는지 혹은 자신이 느끼는 슬픔과 분노 같은 요소가 포함된다. 맥길대학교 뇌과학자 마크 D. 펠은 이에 대해 말했다.

> 우리가 자신의 목소리에서 받는 느낌을 다른 사람도 나에게 느낄 것이라 생각하게 되며, 그 느낌이 자신이 남들에게 보이고 싶어 하는 사회적 특징을 가지고 있지 못하기 때문에 불편함을 느끼게 된다.

깊이 이해하지 않아도 괜찮다. 지금은 '나만 불편한 게 아니구나. 내 귀로 들리는 목소리는 조금 낯설게 들리는구나.' 정도로만 이해하면 된다.

02 목소리에 대한 생각

우리는 과거의 경험으로 무언가를 스스로 정의 내리고 그것이 사실이라고 믿는다. 목소리를 온전히 듣는다는 건 물리적인 부분을 이해하고 동시에 과거의 경험으로 갖게 된 목소리에 대한 신념이 사실이 아닐 수 있다는 것을 경험하는 것이다. 경험을 통해 정의 내린 생각과 감정이 뒤섞여 온전한 내 목소리를 듣는 것에 방해가 되고 있음을 먼저 이해하는 것이다. 목소리를 들을 때 어떤 감정과 생각이 함께하는가?

신념 꺼내어 보기

같은 상황에서 같은 일을 겪을지라도 그것을 느끼고 경험하는 것은 사람마다 다르다. 그것들과 어떻게 관계를 맺고 있는가? 평소 내가 믿고 있는 굳건한 생각, 환경에 의해 자연스럽게 받아들이게 된 신념이 경험과 나 사이에서 현재의 경험을 온전히 받아들이지 못하도록 방해한다.

'나는 목소리가 작아.', '나는 말을 더듬어.', '나는 발표를 못해.'라는 생각들이 발표하는 시간을 더 두려운 상황으로 만든다. 그리고 위험한 상황임을 뇌에 전달한다. 나의 호흡은 더 가빠지고, 얼굴은 빨개지며, 말을 주저하게 된다. 이러한 경험은 '그래. 난 말을 더듬고 발표를 못 해.'라는 생각을 더 확고하게 만든다.

내 강의를 통해 만난 세은 씨도 같은 경험이 있었다.

"저는 말을 더듬고 말을 잘 못해요. 사람들 앞에서 말하는 게 힘들어요. 그래서 관계도 좋지 않아요."

그녀가 수업에 오게 된 이유였다. 말을 더듬고, 말을 잘하지 못해 사람들과의 관계가 좋지 않다던 그녀는 이모에게 '사람을 믿지 말아라.', '약점 잡히지 말아라.'라는 말을 자주 들었다. 가족에게는 '넌 왜 말을 그렇게 못해?', '왜 말을 더듬어?'라는 말을 들으며 자랐다고 했다. 나는 말을 얼마나 더듬는지 그 정도를 파악할 수 있는 검사 도구를 꺼내는 대신 그녀의 이야기를 들었다.

그녀는 직장 내에서 소리 내는 것이 두려워 모르는 것을 상사와 동료에게 질문하지 못했다. 그 일은 또 다른 오해를 만들었고 동료들과의 사이가 점점 안 좋아졌다. 그 후로 (출근하기 위해) 아침마다 눈을 뜨는 일이 두렵다고 했다. 그렇게 한 주가 지나고 또 한 주가 지나며 더 깊은 이야기를 나눌 수 있었다. 학창 시절 따돌림을 당한 경험, 집안의 안 좋았던 일 등 모두 꺼내 놓았다. 그녀는 경험한 모든 일이 자신이 말을 잘 못하기 때문이라고 생각했다. 직장에서 모르는 것을 질문하지 못했던 것도 혹시 약점이라도 잡힐까 두려워서 그랬다고 했다.

지금까지 일어난 일을 다시 되돌릴 순 없다. 하지만 앞으로 일어날 일은 바꿀 수 있다. '내가 갖고 있던 목소리에 대한, 말에 대한 신념이 사실이 아닐 수도 있다.'는 것을 믿어 보는 것이다.

열 번째 만남이 되었다. 소리가 밖으로 자유롭게 나가지 못하도록 막고 있는 발성기관을 복식호흡으로 편안하게 하고 소리를 자유롭게 놓아주기로 했다. 그녀가 내는 소리는 내가 그동안 들었던 소리 중 가장 자유롭게 느껴졌다. 그녀도 그렇게 느꼈던 것 같다. 자신의 소리를 들으며 부끄러워하던 그녀가 이렇게 말했다.

"이 파일을 저한테 보내 주세요. 들으면서 연습할게요. 소리가 잘 들리네요."

수업을 마무리하기 전 말에 대한 긍정적인 경험을 돕기 위해 '상상하기 연습'을 했다. 실제 경험했던 기분 좋은 일을 먼저 떠올리고 앞으로 오게 될 일을 현실처럼 떠올리는

것이다. '직장 동료와 편하게 이야기해 보고 싶다.'는 그녀
의 소박한 꿈을 간접 경험할 수 있게 도왔다. 그녀는 마치
그 꿈이 현실로 이루어진 것처럼 행복해 했다. 상상하기 연
습을 마친 그녀의 눈에는 눈물이 고여 있었다.

"정말 그렇게 되었으면 좋겠어요."

깊이 뿌리 내린 목소리와 관련된 생각들이 현재의 경험
을 온전히 받아들이지 못하게 했다는 것을 그녀도 깨달은
듯했다. 소리 내는 데에 장애물이 조금씩 사라지니, 내 안
에 있는 소리를 꺼내는 일이 조금 더 편해진 것이다.
그녀는 지금 새로운 직장에서 일을 한다.

"고객님이 친절하다며 음료수를 건네주었어요. 그리고 일을
잘한다며 수습 기간 없이 정직원 대우를 받게 되었어요."

그녀는 말과 목소리, 또 삶에 대한 새로운 경험을 쌓아가
고 있다.

알아차림

명상에는 '알아차림'이라는 것이 있다. 앞으로 명상에 관련된 이야기가 종종 등장할 것이다. 명상을 본격적으로 배우고 접한 지는 얼마 되지 않았다. 하지만 이미 내 삶에서 적용해 오던 것이 '알아차림'과 관련되어 있었다. 내 목소리를 찾는 과정을 설명하는 데 좋은 예가 되어 줄 것이다.

명상의 '알아차림'은 '지금 이 순간에 깨어 있기'이다. 동일한 상황, 같은 대상일지라도 그것을 느끼고 받아들이는 것은 날마다 다르다.

💎 건포도 명상

'알아차림'을 경험하는 방법인 '건포도 명상'을 소개한다. 건포도 명상을 위해 준비할 것은 건포도 한 알과 건포도 한 알을 처음 보는 것처럼 대하는 마음, 두 가지이다. 준비가 되었다면 따라해 보자. 눈으로 자세히 관찰하고 손으로 눌러보고 만져 보자. 어떤 모양, 어떤 감촉이 느껴지는가? 이번엔 코로 가져가 냄새를 맡아 보자. 어떤 향기가 나는가? 입술로 건포도의 감각을 느껴 보자. 그리고 나서 입안으로 넣어 씹고 삼키는 것이 아닌 충분히 감각을 경험하며 천천히 즙이 될 때까지 씹어 보는 것이다.

누구에게나 건포도 하면 떠오르는 '촉감', '무게', '향기', '생김새'가 있다. 나도 마찬가지였다. 그런데 건포도 명상을 하며 내가 알고 있던 건포도가 늘 같지 않음을, 생각과 다름을 알게 되었다. 무게는 생각보다 무겁게 느껴졌다. 향은 그동안 생각했던 건포도 특유의 향이 나지 않았다. 그렇다면 그 생각은 누구의 것이었을까?

작은 건포도가 그렇듯이 우리의 목소리도 우리의 경험에 의해 정의되고 또 믿게 되는 부분이 더 크다. 그동안 믿고 있던 목소리에 대한, 말에 대한 신념을 꺼내 보고, 내 목소리를 있는 그대로 들어 보며 내 생각이 사실이 아닐 수도 있음을 경험해 보자.

* 유튜브 〈한국MBSR 연구소〉 채널에서 '건포도 명상'에 대한 자세한 안내를 들을 수 있다.

03 관찰자가 되어 듣기

눈을 뜨고 귀를 열어도 복잡한 마음과 생각 때문에 온전히 느끼지 못할 때가 있다. 혹은 다른 감정이 그것을 다른 색깔로 바꾸어 놓기도 한다. 있는 그대로 받아들이는 것이 쉽지

만은 않다. 의견이나 판단을 내려놓고 사실만을 바라볼 수 있어야만 완전히 느낄 수 있다.

매일 아침 날씨를 확인하기 위해 일어나자마자 침대에서 일어나 거실로 향한다. 집 안과 밖을 구분해 주는 아이보리색 커튼을 젖힌 후 창문을 열어 비가 오는지 맑은지 날씨를 살핀다. 그다음 공기의 차가운 정도를 느낀다. 비가 올 때는 빗소리를 들어보고 비 내음을 맡으며 잠시 머무른다. 해가 쨍쨍한 날에는 햇빛을 온몸으로 느껴본다. 비가 내린다고 '오늘 맑아야 하는데 왜 비가 와서 힘들게 하지? 맑아졌으면 좋겠다.'는 생각은 하지 않는다. 비가 올 때는 우산을 챙기고 맑을 때는 그에 맞는 채비를 한다.

내 목소리를 듣는 것도 그렇다. 창문을 열어 날씨를 확인하는 것처럼 '목소리가 큰지 작은지', '발음이 정확한지 그렇지 않은지', '톤이 높은지 낮은지', '울림이 있는지' 등 있는 그대로 들어 본다. 감정을 더하지 말자. 더 깊이 분석하려 들지 말자. 변화시키려 하지 말자. 그대로 인정해 주자. 그리고 목소리도 상황에 따라 조금씩 달라질 수 있음을 기억하자. 그때그때 몸 상태와 감정에 따라 바뀔 수 있다. 친구들과 이야기할 때는 수다쟁이인데 많은 사람 앞에는 떨린다면 그냥 그 상황이 익숙하지 않아 몸에서 긴장 반응이

일어난 것뿐이다. 한 번의 경험으로 '많은 사람 앞에서 말
하는 게 두려워.'라고 단정 짓지는 말자. 오늘 그랬을 뿐이
다. 떨린다는 건 잘하고 싶다는 반증이다.

💎 관찰자가 되어 다시 듣자

내가 녹음했던 윤동주의 「서시」를 다시 들어 보자. 소리를 듣고 어
떤 생각이 들었는가?

'속도가 빨라서 급하게 느껴져.'
'소리가 작아서 잘 안 들려.'
'톤이 낮아서 남자 같아. 톤을 높이고 싶어.'

사실과 감정을 분리시키고 '좋다.', '나쁘다.'의 평가는 하지 말자.

'속도가 빠르네.'
'톤이 낮구나.'
'소리 크기가 작은 편이네.'

때에 따라 조금씩 바뀔 수 있다. '현재의 소리를 들었을 때'의 관

점으로 들어 보자.

'지금은 속도가 빨랐네.'

'이번엔 소리가 조금 작게 들려.'

04 내 목소리 이해해 주기

3년 전, 지인의 소개로 한국명상지도자협회의 수업을 듣게 되었다. 불교의 전통 명상인 참선부터 시작해 간화선, 자비 명상, 자애 명상, MBSRmindfulness based stress reduction 등 다양한 종류의 명상을 접할 수 있었다.

명상은 크게 현상에 집중하여 고요함을 경험하는 '사마타'와 알아차림을 통해 지혜를 기르는 '위빠사나'로 나눌 수 있다. '사마타'가 집중과 몰입을 경험하는 것이라면 '위빠사나'는 고요함을 얻은 후 끊임 없이 변화하고 떠오르는 대상을 있는 그대로 관찰하는 것이다. 여기에서 '대상'이란 생각이나 감정이 될 수도 있고 소리 등의 감각이 될 수도 있다. 소리를 온전히 듣기 위해 지금의 감정, 생각 등을 알

아차리는 것이 필요하듯 '위빠사나' 명상을 깊이 경험하고
싶다는 생각이 들었다.

MBSR은 마음챙김에 근거한 스트레스 완화 프로그램 프
로그램이란 면에서 내 눈에 들게 되었다. 명상이 우리에게
주는 도움을 과학적으로 밝히고 일반인도 생활에 쉽게 적
용할 수 있도록 체계화시킨 명상법이다. 그중 '바디스캔'은
누운 상태로 전신의 감각을 느껴 볼 수 있다. 몸의 한곳에
주의를 기울이다 보면 긴장되었던 부분이 하나하나 이완되
면서 편안해짐을 느낄 수 있다. 이완이 잘되어 잠도 잘 온
다. 바디스캔은 그동안 무심했던 내 몸에 관심을 기울일 수
있는 기회가 되었다. 가장 큰 변화는 바디스캔을 통해 긴장
됐던 몸이 편안해지는 것을 경험하게 된 것이다.

말할 때도 비슷하게 적용할 수 있다. 긴장되는 상황에서
'긴장을 풀어야지.', '긴장 풀어.'라고 생각하면 몸이 더 긴
장된다. '말 속도가 빨라지는구나.', '긴장했어.', '어깨가 굳
었네.', '목소리가 격앙됐어.'와 같이 나에게 이야기하는 것
처럼 생각하며 깊은숨을 쉬어 보자. 몸의 반응을 알아차려
주었다는 것만으로도 내 몸은 편안함을 느낄 것이다.

목소리를 낼 때 생각이나 감정이 아닌 나의 목소리를 그
대로 듣고 몸의 감각을 알아차리는 것은 온전한 내 목소리

를 내는 데 꼭 필요한 과정이다. 처음에는 그동안 쌓여 온 신념과 감정이 함께 개입되어 있어 내 목소리를 그대로 듣는 것이 쉽지 않다. 지금의 목소리를 이해하기 위해 과거의 일을 떠올려 봐야 한다. 과거를 떠올려 보는 작업이 누군가에게는 힘든 일일 수 있다. 그러나 불필요한 감정에 휘둘리지 않고 온전한 목소리를 내기 위해 더더욱 필요한 일임을 잊지 말아야 한다.

💎 목소리를 이해하기 위해 과거를 떠올려 보기

누구나 목소리를 낼 때 혹은 커뮤니케이션에서 힘들었던 경험이 있을 것이다. 종이와 펜을 준비해 그때 상황을 떠올린 후 구체적으로 적어 보자.

- 언제?
- **어디에서?** (예: 직장, 집, 다른 사회적 활동 등)
- **누구와 대화할 때?** (예: 직장 동료, 상사, 친구, 가족 등)
- 대화의 내용은?

그때로 돌아가 보자. 목소리를 내면서 몸에 어떠한 감각이 느껴졌는지 떠올려 보자. 목이 아프지는 않았는지, 온몸이 굳어지는 느낌은 아니었는지, 호흡은 빠르지는 않았는지, 어떠한 생각과 느낌이 들었는지도 적어 보자. 그리고 그 상황을 떠올리며 적고 있는 지금의 생각도 함께 적자.

커뮤니케이션에서 힘들었던 상황을 적어 보면 말할 때의 패턴을 알 수 있다. 내가 어떠한 상황에서 말하기를 어려워하는지 혹은 어떠한 상황에서 말할 때 자연스러운지 알아보고 더 나은 목소리를 내기 위한 준비를 해 보자. 몸의 긴장 반응은 앞서 말한 것처럼 관심을 보여주면 사라진다. 그리고 몸의 반응은 실제로 일어난 일이지만 그로 인해 느낀 감정과 생각은 내가 만들어낸 것임을 잊지 말자. 어떠한 상황에서 긴장한다는 것을 미리 안다면 그 상황이 실제로 일어난 것처럼 상상해보면서 극복해 나갈 수 있을 것이다.

온전히 나를 들어주면 일어나는 변화

고등학교 2학년 때까지 나는 한 줄뿐인 글도 한 번에 읽어 내려가지 못할 정도로 말을 더듬는 아이였다. 수업 시간에 자리에서 일어나 책을 소리 내어 읽을 상황이 생길 때면 심장박동과 호흡이 빨라지고 얼굴까지 빨개졌다. 심할 때는 온몸이 긴장되어 얼굴 근육과 혀가 굳기도 했다.

'난 말을 더듬어.'

'책을 소리 내서 읽는 걸 못해.'

'말하는 걸 싫어해.'

책을 읽어야 할 상황이 생기면 항상 두려웠다. 그러나 생
각해 보면 정작 책을 소리 내서 읽어 본 경험은 많지 않았
다. 사람들 앞에서 책을 읽을 때 몸이 긴장 반응을 보였을
뿐이다. 긴장한 모습이 겉으로 표현되면서 '친구들과 선생
님에게 웃음거리가 될 거야.'라고 생각하기까지 했다. 그렇
지만 사실은 내 생각과 달랐다.

무소의 뿔처럼

"윤경아, 네가 책을 읽으면 친구들이 집중을 잘해."

선생님의 칭찬 덕분에 말하는 것에 용기가 났다. 방학 때
책 읽는 연습을 꾸준히 하며 말하는 것에 자신감을 불어넣었
다. 그 후 나에게는 '앵커우먼'이라는 별명까지 생겼다.

그러나 단 한 가지, 많은 사람 앞에서 말할 때 긴장하는
건 쉽게 고쳐지지 않았다. 이때 발견한 해결책이 바로 '상
상'이다. 주로 많은 사람 앞에서 자신감 있게 말하는 상상
을 했다. 처음에는 상상조차 떨렸지만 여러 번 반복하니 발

표 울렁증을 고칠 수 있었다.

'상상하기'는 2부 뒷부분에 준비해 두었다. 본격적으로 '상상하기'를 알아보기 전 먼저 과거의 경험을 떠올리느라 고생한 자신에게 선물을 해 주자. 그리고 꼭 안아 주자.

05 목소리에 나를 담는 습관

2020년 한 해는 코로나19로 인해 의도치 않게 아이들과 많은 시간을 보냈다. 자연스레 서로의 목소리를 듣고 내며 보내는 시간도 많아지다 보니 지난날이 생각났다. 1년 전 가을, 유치원 앞 공원에서 처음 보는 아이 엄마와 같은 벤치에 앉게 되었다. 현서에게 이야기하는 걸 듣고 나에게 물었다.

"외동이죠?"

난 손사레를 쳤다.

"아니에요. 이제 4살인 여동생도 있어요."

"아이한테 말하는 모습이 두 아이의 엄마 같지 않아요."

처음에는 잘 이해되지 않았다. 하지만 가끔 비슷한 말을 들어 그 이유가 궁금해졌다.

"왜 그렇게 생각하세요?"
"말하는 목소리나 어투가 그런 느낌이 들지 않았거든요."

덧붙여 그녀는 아들을 키우는 엄마의 데시벨(목소리 크기)은 점점 커지고 짜증나는 말투로 변할 수밖에 없더라는 이야기를 했다.

순간의 감정이 목소리 습관이 되지 않게

영화배우 고소영도 한 인터뷰에서 '아들을 키우면 엄마가 깡패가 된다.'라고 말했다. 나도 그랬다. 아이에게 크게 화를 낸 적이 있다. 그날을 잊을 수 없다. 화를 내다 냉장고에 비친 내 표정을 봤다. 내 모습은 아이들이 흔히 말하는 '괴물'이었다. 괴물이 뿜고 있는 말은 부드러울리 없었다. 크고, 날카롭고, 공격적이었다. 이미 커져 버린 괴물은 중간에 멈추지 않았다. 괴물이 빠져나간 후 온몸에 힘이 쫙 빠지고 그 자리는 미안함과 죄책감으로 채워졌다.

많은 생각이 들었다. 아이들의 눈에는 어떻게 비추어졌을까? 물론 참고 참다 그랬지만 그것이 잦아져 습관이 된 괴물 엄마의 모습을 보고 자란 아이들은 안전함과 안정감을 느낄 수 있을까? 아이에게 느끼는 감정, 그리고 지속되는 기분이 평소 말 습관이 되지 않았는지 살펴보자.

왜 그때 괴물이 되었을까? 그때의 난 피곤해서 마음의 여유가 없거나 시간적 여유가 없을 때였다. 화를 내면 아이들이 즉시 행동을 멈추는 경우가 많으니 빨리 해결하고 싶었던 이유도 있었다. 핑계라면 핑계일 수도 있다.

작년 겨울은 유난히 눈이 많이 내렸다. 하루는 남매가 함께 눈썰매를 타다 나뭇가지에 부딪혀 크게 다칠 뻔한 사건이 있었다. 썰매를 타던 곳은 S자 모양의 경사로였다. 위험할 수 있다는 생각에 며칠은 경사가 심하지 않은 곳까지 방향과 속도를 조절해 주었다.

눈썰매에 익숙해져 가던 어느 날 현서가 말했다.

"방향 조절 혼자 할 수 있어."

스스로 썰매를 조종해 보겠다고 했다. 조금 걱정되었지만 할 수 있다고 말하는 현서의 표정을 보니 안 된다고 할 수 없었다. 앞에는 동생 선하, 뒤에는 현서가 탄 썰매가 출발했다. 나는 썰매의 줄을 조금 더 잡고 싶었지만 '엄마, 줄 놔.'라는 현서의 말에 오른쪽 손에 있던 줄을 서서히 놓았다. 우려했던 일이 눈앞에서 벌어졌다. 썰매는 예상했던 방향이 아닌 나뭇가지가 있는 방향으로 꺾였고 그대로 나무에 충돌했다. 깜짝 놀란 나는 눈밭에 넘어져 있는 아이들에게 재빨리 달려갔다. 놀란 마음에 현서를 다그쳤다.

"현서야, 방향 조절할 수 있다며!"

원망 섞인 나의 말투에 현서는 울먹였다.

"나 엄청 아프거든."

그 말에 아차 싶었다. 현서라고 제 몸이며 동생이 다치는 걸 원하지는 않았을 것이다. 썰매 방향을 조절하려고 했지만 의도치 않게 동생의 몸무게까지 더해졌고 가속도가 붙어 당황해 몸으로 막으려고 하다 보니 손과 다리도 꽤 아팠을 것이다. 아니, 그것보다도 자신을 걱정하기보다 화를 내는 엄마를 보며 마음이 더 아팠을지도 모른다.

내가 화낼 때를 가만히 생각해보니 '걱정'이라는 작은 불씨가 '화'라는 큰불로 이어지는 경우가 많았다. 전날 잠을 못 자거나 몸이 피곤해서 다른 것을 살필 여유가 없을 때, 마음과 시간의 여유가 없을 때 '화'라는 불로 더 잘 번졌다.

현서와 선하가 나뭇가지에 찔리지는 않았나 하는 걱정에 생겨난 화는 아이에게 '엄마가 걱정했잖아.'의 마음으로 전해지지 않았다. 마음을 이해받지 못했다는 슬픔, 용기를 낸 일이 좋지 못한 결과로 돌아온 것에 대한 실망, 두려움, 공포로 전해졌을 것이다.

입을 삐쭉거리는 현서의 마음을 뒤늦게 헤아려 집으로 돌아가려고 하는데 선하는 썰매를 더 타자고 했다.

"선하야. 오빠가 지금 마음이 아파. 오빠가 선하랑 재미있게 썰매를 타려고 했는데 썰매가 생각대로 가지 않아 속상할 거야. 엄마가 선하 걱정만 하며 오빠를 혼냈거든."

그리고 현서한테 말했다.

"현서야. 많이 아팠어? 그걸 먼저 물어봤어야 하는데 미안해. 엄마도 너무 놀라서 걱정되는 마음을 그렇게 표현했네. 엄마가 잘못했어."

물론 사과했다고 현서의 서운함이 눈 녹듯 바로 풀리지는 않았다. 현서의 대답을 듣지 못한 채 나는 앞장서서 걸었다. 몇 분이 흘렀다. 뒤따라오던 현서가 나를 향해 눈 뭉치를 던졌다.

썰매를 타러 나오던 오늘 아침이 떠올랐다, 내가 루돌프가 되어 썰매를 끌고 현서와 선하 산타가 나에게 눈을 뿌리며 '선물 받아요.'라고 했었다. 나는 서운한 마음에 내게 눈 뭉치를 던진 현서에게 장난인 듯 진심을 담아 말했다.

"저 착한 일 많이 못했어요. 선물 안 주셔도 돼요."

예전과 달라진 것이 있다. 화를 내지 않냐고? 그건 아니다. 하지만 걱정이 화가 되지 않도록 그 순간을 멈추고 몸의 반응을 느끼는 것이 가능해졌다. '아, 어제 잠을 못 잤지. 아이에게 화풀이하지 말자.'라며 감정이 말로 번지지 않도록 말투를 단속한다. 지금의 감정이 공격적인 말투가 되지 않고 그 말투가 나의 목소리 습관이 되지 않도록, 아이의 도전을 가로막는 불필요한 신념이 되지 않도록 말이다.

원래 그러지 않았는데 아이들을 키우며 말투가 공격적으로 변했다면, 그리고 습관이 되었다면 다시 아이를 낳기 전으로 돌아가는 것도 가능하지 않을까?

'많이 힘들었구나.'

그런 나를 먼저 이해해 주자. 그다음에 나의 목소리와 말투를 통해 그 감정을 고스란히 전해 받는 가족도 한 번 더 생각하자.

제임스 클리어James Clear의 『아주 작은 습관의 힘』에서는 '정체성identity'이란 '실재하다'라는 의미의 라틴어 'essentitas'와 '반복적으로'를 뜻하는 'identidem'에서 파생된 '반복된 실재다.'라고 정의하며 '습관은 정체성을 만들어 간다.'고 했다.

남자아이를 키워서 엄마의 목소리가 변하는 것이 아니다. 이미 습관이 된 나의 목소리가 아이를 대할 때 나타나는 것이다. 그 목소리는 철저히 내 선택으로 결정된다. 그렇기에 앞으로 아이를 대할 때 내가 목소리를 선택하면 된다. 아이와 만나기 전 또는 아이와 처음 만났던 그때의 내 목소리는 어떠했는지 생각해 보자.

그 때와 지금이 달라졌다면 그 이유는 무엇일까? 나는 아이를 대할 때 어떠한 목소리를 선택했을까? 아이들을 키우며 변해 버린 목소리와 말투가 아이들을 위해, 그리고 나를 위해 내 정체성이 되지 않기를 바란다.

제 2 부

목소리, 만나다

내 목소리에
편안함을
더하는 습관

당신 안에는 이미 세상 밖으로 나오고 싶어 하는 목소리 씨앗이 있다. 씨앗이 열매를 맺는 방법은 그것을 알아봐 주는 것에서 시작한다. 알아봐준다는 건 무심코 내뱉었던 당신의 목소리를 귀 기울여 듣는 것에서 시작한다. 그 작은 시작으로 떡잎을 틔우게 되고 뿌리는 깊어지며 밖으로 가지를 뻗을 수 있다. 있는 그대로의 내 목소리를 듣고 내 목소리를 이해하는 시간을 가지는 것은 그래서 중요하다. 그래야 나를 이해할 수 있기 때문이다. 그래야 나의 목소리에 편안함을 더할 준비를 할 수 있다.

 좋은 목소리란?

수업을 듣기 위해 오는 분들은 '발표를 잘하고 싶어서', '면접에 합격하고 싶어서', '사람들과 잘 지내고 싶어서' 등 저마다 목적은 다르지만 '좋은 목소리를 내고 싶다.'는 공통점을 갖고 있다.

나는 수업을 시작하기 전 항상 몇 가지 질문을 던지곤 한다.

"어떤 목소리가 좋은 목소리일까요?"

오래 고민하지 않고 대답이 돌아온다. '배우', '성우', '아나운서' 등의 목소리를 떠올리며 자신이 생각하는 좋은 목소리의 기준을 말한다.

"이병헌 같은 목소리요."
"신뢰감 있는 목소리요."
"저음의 울림 있는 목소리요."

계속해서 두 번째 질문을 한다.

"목소리란 무엇일까요?"

다양한 대답이 돌아온다.

"제2의 이미지요."
"세상에 하나밖에 없는 거요."
"나를 말해주는 거요."

역시 대답에는 오랜 시간이 걸리지 않는다.

"그럼 나에게 좋은 목소리란 무엇일까요?"

마지막 질문에는 오랫동안 침묵이 흐른다.

좋은 목소리는 단순히 '울림 있는 발성에 정확한 발음'으로 볼 수 있다. 생각을 바꾸어 목소리가 '세상에 하나밖에 없고 나를 말해 주는 것'이라는 관점에서 한 번 더 생각해 보자.

좋은 목소리는 편안하고 건강한 목소리이다. 하지만 더 중요한 것이 있다. 내 목소리가 내면과 잘 어우러져야 한다는 점이다. 진정성이 담긴 목소리야말로 나 자신에게도, 다른 사람에게도 신뢰감을 줄 수 있다.

누군가는 성우나 배우처럼 목소리에 울림 있고 좋은 음색에 정확한 발음을 갖고 있지만 '목소리가 좋은 것' 이상의 다른 것은 찾기 힘든 경우가 있다. 하지만 내면과 잘 어우러진 목소리는 내 잠재력을 끌어내기에 충분하다. 잠재력은 습관을 바꿈으로써 밖으로 나온다. 좋은 목소리를 내는 습관이란 건강하고 편안한 내 목소리를 찾는 것, 그리고 내면과 어울리면서 내가 진정 되고 싶은 모습과 잘 어울리는 목소리로 가꾸는 것을 의미한다.

목표 정하기

뿌리와 씨앗으로 이야기해 보고 싶다. 뿌리를 단단하고 깊게 만들기 위해서는 스스로를 믿어야 한다. 그동안 해왔던 부정적인 생각은 현실이 아닌 단지 내 생각이었음을 알아차리고 긍정적인 믿음을 심어 주자.

이제는 과거가 아닌 현재, 그리고 다가올 미래를 생각하며 단단히 마음을 먹자. 함께 소리를 찾고자 하는 마음이 들었다면 오늘은 내가 원하는 것을 생각해 보는 것이다. 목소리뿐만 아니라 나는 누구이며 어떠한 사람이 되고 싶은지도 함께 적어 보자.

💎 나는 어떠한 사람이 되고 싶은가?

어디서부터 시작해야 할지 막막할 수도 있다. 지금 하고 있는 일이나 앞으로 하고 싶은 일을 적고 내가 추구하는 가치와 연결하여 문장을 만들어 보자.

- **직업**(하는 일): 보이스 컨설턴트, 언어치료사
- **가치**: 나눔, 공감, 지혜
- **욕구**: 사람들에게 도움을 주고 싶다.

• **되고 싶은 모습**: 부드러운 목소리와 따뜻한 마음으로 사람들이 자신의 목소리를 낼 수 있게 도와주는 안내자

3년 전과 지금 달라진 부분이 있다. '안내자'라는 말이다. 예전에 나는 컨설턴트서 목소리를 분석하고 전후를 비교하는 등 다양한 방법으로 직접적인 훈련을 했다. 지금은 자신의 목소리를 직접 찾을 수 있도록 도와줄 수 있는 지혜를 갖춘 안내자로 바뀌었다.

가치, 신념, 욕구를 함께 떠올리며 나는 어떠한 사람인지 적어 보자. 지금 당장은 되고 싶은 모습이 명확히 그려지지 않을 수 있다. 그저 '난 어떤 사람이 되고 싶지?'라는 질문을 마음속으로 하며 적으면 된다. 계속 바뀔 수도 있고, 더 잘 나타내 줄 수 있는 단어로 수정할 수도 있으니 부담 갖지 않아도 된다. 혹시나 이 활동이 어렵다면 내가 수강생과 함께 나누었던 다음의 문장을 참고하기를 바란다.

• 부유함과 자유로움을 갖고 사람들에게 이야기로 즐거움을 주는 사람이다.
• 나는 배움과 도전을 좋아하며 창의적인 아이디어로 사람들에게 좋은 에너지를 전하는 사람이다.

• 가정과 정신, 직업 모든 면에서 조화를 이루며 그 에너지를 주변 사람들에게 밝은 목소리를 통해 전하는 사람이다.
• 결정한 일은 우직하게 해내는 책임감 있고 신뢰를 주는 사람이다.

수업을 진행하다 보면 이미 내적 자신감이 충만한 사람들이 있다. 그런 경우 원하는 모습을 구체적으로 생각하는 것만으로도 목소리에 담겨져 나오기도 한다. '따로 많이 연습하지 못했는데 생각만으로 목소리가 변하는 게 신기해요.' 라는 반응을 보인다. 나를 믿어 주는 건 위로, 앞으로 뻗어 나갈 수 있는 힘을 준다.

목표를 적는 란에는 원하는 '목소리'에 초점을 맞추도록 하자. 목표를 떠올리기 쉽도록 이 책을 고르게 된 이유부터 생각해 보자. 서점에 있는 많은 책 중 이 책이 당신의 눈으로 그리고 손으로 들어왔다면 그만큼 무언가를 원했기 때문이다. 책을 통해 얻고 싶었던 목소리와 말 관련 목표를 적자. 작은 목표여도 좋다.

열매를 맺을 것이라는 믿음, 그리고 앞으로 나타나게 될 변화들은 내면으로 더 깊게 뿌리 내리고, 그 뿌리는 외부로 가지를 뻗을 수 있게 도와줄 것이다.

원하는 것을 적을 때 처음에는 1~2개월 이내 이루고 싶은 구체적이고 소소한 목표를 먼저 설정해 보자. '2개월이면 목소리를 바꿀 수 있어요.' 라고 말하려는 것이 아니다. 목표를 이루었을 때 목소리와 커뮤니케이션에 대한 긍정적인 생각과 믿음이 생기고 말을 하고 싶어 하는 당신이 있을 것이다. 이러한 습관은 어떠한 상황이 닥쳐도 흔들리지 않도록 내면의 뿌리를 더 단단히 해 준다.

원하는 모습의 나로 확장한 문장은 늘 마음속에 담아 두자. 틈 날 때마다 소리 내어 말해도 좋다. 마음으로 외쳐도 좋다. 삶의 방향성과 목소리가 함께 가는 것은 이 책을 쓰고 있는 목적이자 당신의 삶을 더 풍요롭고 자유롭게 해줄 하나의 방법이 되어 줄 것이다.

- **직업**(하는 일): _____
  _____

- **가치**: _____
  _____

- **욕구**: _____
  _____

- **되고 싶은 모습**: _____
  _____
  _____
  _____

나를 적어 보는 방법

• What

☑ 원하는 것을 적는다.

내가 하는 말을 상대가 한 번에 알아들을 수 있는 명료한 목소리

를 갖고 싶다.

☑ 현재형으로 바꾼다.

내 목소리는 명료하다.

☑ 나라는 사람으로 확장한다.(원하는 목소리+원하는 모습)

명료한 목소리로 내가 알고 있는 지식을 사람들에게 전하는 라

이프 코치이다.

• When

☑ 언제 얻고 싶은지를 구체적으로 적는다.

2개월 후(2021.7.28)

· Why

☑ 그것을 왜 원하는지 적는다.

평소 웅얼거린다는 소리를 많이 듣는다.

12월 28일 독서 모임에서 명확한 목소리로 준비한 내용을 전하

고 싶다.

· How

(아직 어떤 방법이 있는지 읽어 보지 않은 상태일 테니 해당 부분은 잠깐

비워두고 나중에 작성해도 괜찮다.)

☑ 얻기 위해 어떻게 할 것인지 구체적으로 적는다.

책 내용을 매일 20분씩 복습하고 만나는 사람들에게 적용하

겠다.

나를 적어 보는 방법

- **What**

- **When**

- **Why**

- **How**

좋은 목소리의 조건

경험을 통해 얻게 된 좋은 목소리는 내기 편안하고 상대에게 잘 전달되면서 나를 잘 담고 있는 목소리이다.

첫 번째 조건은 '내가 내기 편안한 소리'이다. 다른 것이 다 충족되어도 소리를 낼 때마다 불필요한 몸과 성대의 긴장이 동반되어 힘을 주어 말해야 한다면 목소리를 내는 일이 즐겁지 않을 것이다. 불편함은 상대에게도 고스란히 전달된다. 목소리를 낼 때마다 톤이 바뀌고 오래 말하면 목이 쉽게 쉬는 바람에 하고 싶었던 DJ 일을 중단해야 했던 경험을 떠올려 보면 발성기관에 맞는 목소리를 내는 것이야말로 가장 기본이라고 생각한다. 보이스 컨설팅과 언어치료사를 하며 다양한 고민을 가진 사람들을 만났다. 나에게 맞는 내기 편안한 소리를 찾는 과정을 함께 경험하고 그 고민까지 해결했다.

두 번째는 '잘 전달되는 목소리'이다. 아나운서나 기자, 성우의 목소리 같은 전문가적인 목소리를 말하는 것이 아니다. 나는 내기 편안하다. 하지만 그 소리가 상대에게 잘 전해지지 않는다. 그렇다면 그 소리는 좋은 소리일까? 우리는 하루에도 수많은 사람을 만나고 이야기를 나누며 서로를 조금 더 알아가고 관계를 맺는다. 그런데 상대가 내가 하려는 말을 잘 알아듣지 못하고 여러 번 되묻거나 의도한 대로 전달이 안 된다고 해 보자. '목소리'와 '커뮤니케이션'을 부정적으로 생각하게 될 가능성이 높다. 앞서 정한 목표로 향하는 데 방해가 된다. 작은 소리, 부정확한 발음, 빠른 속도, 웅얼웅얼하는 옹알이 발성, 음의 초점이 맞지 않는 경우 소리가 잘 전달되지 않는다.

마지막으로 '나를 잘 담고 있는 목소리'이다. 나를 잘 담고 있다는 건 무엇일까? 바로 성별, 나이, 직업, 성격, 가치관, 신념 등 나라는 사람을 잘 대변해 줄 수 있느냐이다.

40대 여성이 아이 같은 음성을 낸다면 혹은 근육질 몸의 남성이 하이톤의 가는 목소리를 낸다면 좋은 목소리라고 할 수 있을까?

배우 강하늘의 두 작품을 비교해 보자. 2019년 인기리에 방영되었던 〈동백꽃 필 무렵〉의 남자 주인공 용식이는 용감하고 솔직하며 긍정적이다. 게다가 좋아하는 여자를 위해서는 물불 가리지 않는다. 드라마 배경은 충청도의 한 작은 마을로 충청도 사투리를 사용한다. 정감 있고 느릿느릿하다. 용식이의 목소리를 살펴보자. 속도는 조금 빠르며 톤은 높고 쉼을 많이 주지 않으며 충청도 특유의 억양과 말투가 다양한 표정에 담겨 있다. 극중 용식이라는 사람을 표현하기에 충분했다. 덕분에 어울리지 않을 것 같은 단어인 '촌스러움'과 '옴므파탈'이 합쳐진 '촌므파탈'이라는 용어까지 등장했다.

이번엔 윤동주의 이야기를 담은 〈동주〉를 보자. 영화 속 동주의 목소리는 낮고 허스키하며 말 속도는 느리다. 충분한 쉼을 주고 부드럽지만 단호한 어투이다. 윤동주의 실제 성격을 엿볼 수 있는 정병욱의 회고록 『잊지 못할 윤동주』를 보면 윤동주는 '피부가 희고 깨끗하며 됨됨이 자체도 깨끗한 선비 같은 사람', '시도 그렇지만 윤동주 자체가 맑고 깨끗하며 조용한 사람'이었다. 정병욱은 윤동주의 목소리를 허스키하고 중저음 톤이었다고 회상한다. 배우 강하늘이 연기한 윤동주 목소리에서 실제 윤동주의 성격을 짐작해 볼 수 있다.

같은 사람이 연기한 것이라고 믿을 수 없을 정도로 상반된 캐릭터에 또 상반된 목소리를 갖고 있다. 만약 '용식이'와 '동주'의 목소리가 바뀌었다면 해당 인물을 잘 이해할 수 있었을까? 매력을 느낄 수 있었을까? 나를 잘 담고 있는 목소리란 나의 삶이 목소리에 담기는 것이다. 그래야 진정성을 느낄 수 있다.

좋은 목소리가 되기 위한 세 가지 조건을 다시 생각해

보자.

편안한 목소리를 찾는다는 건 내 발성기관에 맞는 톤을 내고 성대 주변의 긴장을 줄이는 호흡법을 활용하는 것이다. 내가 편안하게 목소리를 내면 상대도 편안함을 느낀다. 목소리에도 노화가 온다. 성대도 나이가 들면 자연스럽게 가늘어지고 늘어진다. 그러나 평소 잘못된 발성으로 노화가 빨리 오고 성대낭종, 결절 등의 각종 병이 생기는 것은 잘못된 습관 때문이다. 앞으로 오래도록 건강하게 말을 하기 위해서라도 편안한 목소리를 찾아야 한다.

상대에게 잘 전달이 되는 목소리를 만든다는 건 다른 사람과 좋은 관계 맺기를 위해 필요한 기술이다. 하고 싶은 말이 상대에게 잘 전달되면 상대의 피드백에서 조금은 자유로워질 수 있다.

나를 잘 담고 있는 목소리를 만든다는 건 이 책이 담고자 하는 가장 중요한 메시지이다. 목소리는 나의 성격, 성품, 살아 온 시간 등을 세상에 보여 준다. 의식했든 의식하지 않았든 사람들에게 내가 어떠한 사람인지 전해 준다. 첫 번째와 두 번째 조건까지 충족하면 더 자유로워질 수 있다. 목소리에 나를 담는 목표에 방해가 되는 장애물이 없어진다. 쉽지 않은 과정이다. 12년 차 보이스 컨설턴트인 나도 두 조건은 충족되었지만 세 번째 조건인 나를 담을 수 있는 목소리로의 여정은 계속하고 있다.

02 아기 목소리에서 편안함과 힘을 찾다

아기들은 오래 우는 것에 비해 목도 잘 안 쉬고 소리도 우렁차다. 지금의 발성과 어떠한 차이가 있는 것일까? 어떠한 습관도 없는 날 것 그대로의 목소리인 아기들의 발성에서 편안하고 건강한 목소리는 무엇인지 알 수 있다.

첫 번째, 호흡이다. 태어날 때는 누구나 복식호흡을 한다. 아이는 울 때 외에도 잠이 들었을 때 배를 보면 나왔다 들어갔다 한다. 두 번째, 아이가 우는 모습을 보면 상황에 따라 속도와 리듬, 강도는 조금씩 바뀌지만 톤은 바뀌지 않는다. 배가 고플 때는 고음으로, 기저귀가 불편할 때는 저음으로 울지 않는다. 상황에 따라 속도나 리듬감의 차이가 있을 뿐이다. 또 같은 여자아이라도, 같은 남자아이라도 목소리 톤이 조금씩 다르다. 세 번째, 아이들이 울 때 입을 살펴보자. 입을 조금만 벌리고 우는 아이는 없다. 얼굴 근육을 모두 사용하며 있는 힘껏 운다.

'복식호흡'과 '내 발성기관에 맞는 편한 기본 톤을 찾는 것', 그리고 '입을 크게 벌리는 것' 세 가지만으로도 편안하고 건강한 목소리를 찾을 수 있다. 입을 크게 벌리는 것은 발음과도 관련이 있으니 후에 다시 다루겠다. 지금은 나머지 두 가지를 경험해 보자.

호흡을 한다는 것

아기가 엄마 뱃속에서 가장 늦게 발달하는 장기는 바로 '폐'이다. 대부분 32주에 폐가 발달한다. 그 기간을 채우지 못하고 세상에 나오면 자가 호흡이 어려워 위험할 수 있다. 그래서 인큐베이터 안에서 보살핌을 받는다.

스스로 호흡을 할 수 있다는 건 살아 있다는 증거이다. 생명과 관련된 호흡은 우리가 조정하는 것이 아니다. 자율신경계에서 자동적으로, 그리고 규칙적으로 조정한다. 하지만 의도적으로 호흡을 조정할 수도 있다. 꽃의 향을 맡거나 숲속 나무 사이에서 가슴을 열고 깊게 호흡할 때는 자연스럽지만 의도적으로 깊은숨을 내쉬기도 한다. 온몸으로 감각을 느끼기 위해 의도적으로 호흡을 길게 조정한 것이다.

인간은 태어날 때 복식호흡을 한다. 자라면서 우리의 호흡은 복식호흡에서 흉식호흡으로 바뀐다. 세상을 떠날 때는 어떠한가? 호흡은 짧아지고 숨을 헐떡이며 생을 마감한다. 그렇다면 의도적으로 깊은 호흡을 하려 노력하면 건강에도 도움이 되지 않을까? 몸속의 혈액순환이 잘되어 건강을 유지하는 데 도움이 될 것이다.

복식호흡과의 인연

복식호흡과의 인연은 참 오래되었다.

20대 후반, 한 정훈장교의 부탁으로 군인을 위한 라디오 방송을 맡게 되었다. 일주일에 한 번씩 장병의 사연을 받아 녹음해서 파일로 보냈다. 이를 인연으로 유명 연예인만 부른다는 부대 개방 행사에 초대받았다. 감사패와 쌀 한 포대를 받았고 부대 내부를 구경할 수 있는 영광도 얻어 이슈가 되었다. 『연합뉴스』에 보도되고 〈손석희의 시선집중〉에서도 인터뷰 제안을 받기도 했다.

라디오 DJ는 내가 굉장히 좋아하는 일이었다. 하지만 한 시간 동안 말하면서 목이 쉬고 아프기를 반복됐다. 결국 병원에서 선천적으로 성대가 약하니 목소리 사용을 줄이라는 진단을 받았다. 방송을 계속할 수 없었다. 하던 일을 당장 중단해야 했다. 그렇지만 포기할 수도 없었다. 목소리에 도움이 되는 책을 읽고 연습하고 또 연습했다. 다른 무엇보다 호흡에 집중했다. 지금 잘하고 있는지 의구심이 들기도 했다. 잘 안 될 때는 '이게 목소리에 도움이 될까?'라는 생각을 했다. 그러나 간절함이 더 컸다. 매일 틈나는 대로 연습했다.

그렇게 2개월이 지났을 때 목(성대)에 불필요한 힘을 들이지 않고 말하는 것이 굉장히 편안하다는 것을 깨달았다. 소리 크기도 커졌다. 6개월 후 의식하지 않아도 말할 때 복식호흡을 사용할 수 있었다. 하지만 그때도 모든 순간 복식호흡을 해야 하는지 의문은 있었다.

'달리기를 할 때도 복식호흡을 할 수 있을까?'

오래달리기를 할 때 심장이 터질 것 같고 숨이 차올라 더 이상 뛰지 못할 것 같던 기분이 떠올랐다. 온몸으로 빠르게 피를 보내고 산소가 부족해진 폐는 호흡을 들이쉬고 내쉬느라 바빴다. 달리기를 할 때는 어깨가 올라갔다 내려갔다 하는 흉식호흡이 당연한 것처럼 여겨졌다. 그래서 더 적용

해 보고 싶었다. 달릴 때 배를 의식하며 복식호흡으로 숨을
쉬어 보았다.

'아……, 된다! 복식호흡을 하니까 달릴 때도 숨이 덜 차고
조금 더 편안해져!'

그렇게 시간이 흐른 지금 의식하지 않고 어떠한 상황에
서도 복식호흡을 한다. 자신 있게 말할 수 있다. 복식호흡
은 어떨 때는 하고 어떨 때는 하지 않는 것이 아니다. 중요
한 발표에서는 복식호흡을 하고 평소 말할 때는 흉식호흡
을 하는 것 또한 아니다. 모든 순간에 복식호흡을 할 수 있
다. 그래야 의식하지 않아도 복식호흡이 습관이 되는 때가
온다.

복식호흡 vs. 흉식호흡

우리 몸은 호흡을 할 때 늑간근(늑골 사이의 근육)과 횡격
막(흉부와 복부 사이의 막)의 수축과 이완이 일어난다. 들숨
(들이마실 때)은 흉곽이 팽창되어 위와 앞인 대각선 방향으
로 올라가고(외늑간근 수축) 횡격막은 내려간다(횡격막 수

축). 횡격막의 수축으로 인해 위에 있는 폐의 공간은 넓어지고, 횡격막 아래 장기들이 눌려 배가 나온다. 정확히 말하면 공기가 들어가서 넓어지는 게 아니라 공간이 넓어진 곳(흉강)의 압력이 낮아지면서 밖에 있는 공기가 안으로 들어가는 것이다. 날숨(내쉴 때)에는 흉곽과 횡격막이 원위치를 찾으며 배가 들어가고 어깨도 내려간다. 이것이 흉식과 복식이 합쳐진 흉복식호흡이다.

여기에 공기를 들이마실 때 늑골의 움직임(외늑간근의 수축)은 한계가 있으므로 더 많은 공기를 들이마실 때는 위로 올리든, 아래로 내리든 하나를 선택해야 한다. 흉곽의 아래인 횡격막이 내려가면 복식호흡, 흉곽의 윗부분이 들어 올려지면 흉식호흡이다. 외관상의 뚜렷한 차이점은 의식적으로 많은 공기를 마시려고 할 때 복식호흡은 배가 나오고 흉식호흡에서는 흉곽이 위쪽으로 올라가며 어깨가 올라간다. 들이마실 때 배가 나오지 않고, 흉곽이 올라갈 때 횡격막이 함께 따라 올라가게 되어 배가 들어가는 것처럼 느껴질 수도 있다. 쉽게 말해 복식호흡은 코와 입을 통해 들어온 공기가 아래를 향해 더 깊이 들어오고 나가는 깊고 느린 호흡이라면 흉식호흡은 얕고 빠른 호흡이다.

그렇다면 소리를 낼 때 어떤 호흡이 더 도움이 될까? 말을 할 때 성대는 규칙적으로 진동을 하는데, 아무리 이완을 해도 어느 정도의 긴장은 동반될 수밖에 없다. 거기에다 성대 주변의 근육의 수축이 일어나는 흉식호흡을 하는 건 성대에 긴장을 더하는 일이다. 긴 시간을 말해도 목이 덜 아프고, 건강한 목소리를 오래도록 유지하기 위해서라도 복식호흡을 습관화해 보자.

복식호흡(횡격막 호흡)

복식호흡은 말할 때 어떠한 도움을 줄까? 먼저 복식호흡의 이완된 호흡은 편안하면서도 힘 있는 소리를 낼 수 있다. 정원에서 나무에 물을 준다고 가정해보자. 멀리 있는 나무까지 골고루 물을 주기 위해서는 호스 끝을 눌러 공간을 좁힌 후 물의 압력을 높여야 물을 멀리 보낼 수 있다. 하지만 이 방법은 물줄기가 날카로워지고 호스의 수명이 줄어든다. 다른 방법은 없을까? 바로 물을 더 많이(강하게) 틀면 된다. 이것이 복식호흡이다. 성대에서 소리가 만들어지기 위해서는 성문하압(성대 아래 공기 압력)이 필요하다. 복식호흡은 소리를 멀리 보내기 위해 더 많은 양의 공기가 성대를 통과할 수 있도록 도와준다. 큰 소리를 내더라도 성대 주변 근육이 긴장되지 않아 날카롭지 않고 편안하면서도 힘 있는 소리를 낼 수 있다.

두 번째, 복식호흡의 긴 호흡은 소리를 자유자재로 조절하여 운율적인 부분에 도움을 줄 수 있다. 의미상 내가 끊어 읽고 싶은 부분은 다른 곳인데 호흡이 짧아서 의도하지 않게 중간에 끊는 경우가 생길 때, 복식호흡은 많은 공기를 저장할 수 있어 긴 호흡이 가능하다. 내쉬는 호흡을 천천히 조절하면서, 쉬고 싶은 곳에 쉼을 주어 원하는 곳이 강조될 수 있도록 돕는다.

세 번째, 복식호흡의 깊은 호흡은 긴장을 줄이는 데 도움을 준다. 심장이 빨리 뛰고, 얼굴이 빨개지고, 목이 턱 막히는 긴장된 상황이 올 때 숨을 깊게 들이마시고, 내쉬고를 세 번 정도 반복해 보자. 호흡이 안전하다는 신호를 뇌에 전달하고 뇌는 다시 편안함을 몸에 전달할 것이다. 이때 주의할 점은 '긴장되네, 어떻게 하지?'라는 불필요한 생각 대신, 호흡을 하는 동안 감각에 집중해야 한다. 그 깊은 호흡은 나를 이곳에 있게 도울 것이다.

마지막으로, 깊이 들이마신 호흡에 소리를 더하는 건, 목소리에 내 마음을 담는 습관이 되어줄 것이다. 건강을 유지해 주고 성대에 부담을 덜 주며 감각을 깨우는 데 도움을 주는 복식호흡을 함께 해 보는 건 어떨까? 함께 한다면 조금 더 쉽게 목표에 다다를 수 있을 것이다.

💎 복식호흡을 해 보자

의식하지 않아도 복식호흡이 될 때가 있다. 바로, 누워 있을 때다. 누워 있으면 편안함을 느껴 자연스럽게 복식호흡이 될 수 있다. 누워 있는 자세에서 어깨를 올리는 것보다 흉곽의 아래쪽인 횡격막을 내리는 것이 편한 것도 같은 이유이다.

천장을 바라보고 누워보자. 머리부터 발끝까지 몸 전체를 바닥에 맡겨 보자. 복식 호흡의 이해를 돕기 위해 들이마실 때 배가 나오고 내쉴 때 배가 들어간다고 표현했지만 잊지 않아야 할 것은 공기가 들어오면서 늑골과 횡격막을 확장시키는 것이 아닌 늑골과 횡격막의 운동으로 흉강이 넓어져 공기가 폐 안으로 들어온다는 것이다.

지금은 이론적인 것은 다 잊어도 된다. 단지 편안한 상태로 호흡이 나가고 들어오는 것을 느껴보자. 배의 움직임을 더 잘 느끼기 위해 배 위에 손을 살짝 얹어도 좋다.

들숨에 배가 나오고 날숨에 배가 들어가는가?

편안해졌다면 이번엔 나오는 공기에 소리를 입혀볼 것이다.

하나, 공기를 들이마시고

둘, 아~~~

하나, 공기를 들이마시고

둘, 아~~~

이 때 소리를 크게, 잘 내려는 의도를 내려놓자.

공기의 흐름에 소리를 함께 내보내자.

자기 전, 그리고 일어나자마자 이렇게 연습한다면 복식호흡을 습관화하는 데 도움을 줄 것이다.

다음은 앉아 있을 때의 자세이다. 중력을 거스르지 않으면서, 몸통과 흉곽을 적절하게 지지해 주고 늑골과 횡격막의 유연성을 도와줄 수 있는 자세가 필요하다.

편하게 앉되 좌골(궁둥뼈) 양쪽이 바닥과 닿아 있음을 느끼고, 천장과 정수리 사이에 실 하나가 있다고 생각해보자. 그다음은, 누워서 했던 방법을 그대로 적용하면 된다. 오른손은 어깨에 올리고, 왼손을 배 위에 올려 오른손으로는 어깨가 올라가지 않는지, 왼손으로는 배가 잘 나오고 들어가는지 점검하면 된다. 그리고 감각을 느끼기 위해 양손은 내려놓은 채 눈을 감고 들이마시고 내쉬고를 반복해 보자.

편안함이 느껴지면

하나, 공기를 들이마시고
둘, 아~~
하나, 공기를 들이마시고
둘, 아~~~

안으로 깊게 들어온 공기에 소리가 입혀지는 것을 상상해 보자. 소리가 커지는 건 물론, 깊이 들어올수록 밖으로 나가는 원의 모양도 더 커지지 않을까?

사람들이 기억하는 당신의 목소리

발표할 때는 크고 명확한 목소리이지만 평소 대화할 때는 웅얼웅얼거리는 작은 목소리라면 과연 사람들은 어떠한 목소리를 기억할까? 어떠한 목소리가 당신과 어울린다고 생각할까? 사람들은 발표할 때 목소리를 기억하지 않는다.

평소 목소리를 기억한다는 것을 잊지 말자. 자연스러운 상황에서 내는 목소리는 당신을 담고 있다.

복식호흡에 대한 오해, 그리고 목소리에 대한 사람들의 오해는 많다.

"흉식호흡으로 말할 때도 그 호흡을 다 활용하지 못하는데 힘들게 복식호흡을 해야 해?"

"중요한 자리에서 말할 때만 복식호흡으로 하면 되지."

"난 목소리 크니까 복식호흡 안 해도 돼."

하나하나 '그렇지 않아요.'라고 말하기보다는 '그렇게 생각하세요?'라는 말로 답답한 마음을 대신한다. 각자 알고 있는 지식과 경험에서 나온 생각이니 그것을 부정하고 싶지는 않다. 그러나 이야기를 나누며 상대의 생각을 들을 수 있고 내 경험을 나눌 수 있는 기회가 생긴다면 복식호흡을 경험할 수 있도록 도와주고 싶다.

💎 호흡 명상

숨을 들이쉬고 내쉬는 일은 과거도 미래도 아닌 현재 진행형이다.

평소 호흡을 자주 알아차리는 것만으로도 마음이 다른 곳, 다른 시간이 아닌 이곳, 현재에 있도록 한다.

편안하게 앉아 보자. 천장의 줄 하나가 내 머리 정수리를 잡아당긴다고 생각해 보자. 허리와 척추는 곧추 세우되 다른 부분은 이완시켜 주자. 그다음은 숨을 깊게 들이마시고 길게 내쉰다. 숨이 들어가고 나갈 때 배에 주의를 기울인다. 들이마실 때 배가 나오고 내쉴 때 배가 들어가는가? 알아차림 명상에서는 복식호흡(횡격막 호흡) 자체를 강조하지 않는다. 편안한 호흡을 하면 된다. 하지만 지금은 편안한 발성에 도움을 주기 위한 과정이니 배에 주의를 기울이자. 처음엔 쉽지 않아도 하루가 지나고 이틀이 지나 일주일, 한 달이 지나면 점점 호흡이 편해진다.

호흡 명상은 숨이 들어가고 나갈 때 배, 콧등 등 호흡을 잘 느낄 수 있는 곳에 주의를 기울여야 한다. 더 나아가 호흡을 하며 순간순간 드는 생각을 알아차리고 다시 호흡으로 돌아오고 소리가 들리면 '소리가 들리는구나.' 하고 알아차린 후 다시 호흡으로 돌아온다.

서 있을 때도, 걸을 때도 자주 호흡에 주의를 기울이며 지금 이곳, 이 순간을 경험해 보자.

03 편안한 톤 찾기

편안한 톤이란 내 발성기관에 맞는 음의 높이를 의미한다. 음의 높이는 성대의 길이와 굵기에 따라 다르다. 목의 굵기가 상대적으로 굵은 남성은 성대의 길이가 길고 두꺼우며, 여성은 남성에 비해 성대 길이가 짧고 얇다.

현악기인 하프의 예를 보자. 짧은 줄은 그만큼 진동 횟수가 많아 높은음을 담당하고 긴 줄은 적게 진동하여 낮은음을 담당한다. 목소리도 같은 이치이다. 목이 굵은 남성은 성대가 길어 낮은음을, 목이 가는 여성은 성대가 짧아 높은음을 낸다. 이는 같은 성별이라도 신체 구조에 따라 조금씩 차이가 난다. 남성은 평균 80~130Hz, 여성은 180~230Hz의 음역대를 갖는다.

내 주파수를 찾는다는 건

아이들과 대화하거나 반가운 사람을 만날 때는 목소리가 자연스럽게 올라가고 정중한 자리에서는 조금 내려가기도 한다. 신체 반응과 함께하는 것이니 굉장히 자연스러운 현상이다. 편안한 톤을 찾자는 것은 그러한 것을 모두

컨트롤하자는 것이 아니다. 내가 갖고 있는 기본적인 주파수를 찾자는 것이다. 라디오를 듣고 싶은데 주파수를 모른다면 주파수를 높이고 낮추고를 반복하면서 잘 들리는 곳을 찾는다. 마찬가지로 '나'라는 라디오가 내기 편안한 주파수를 찾아보자.

톤과 관련된 두 가지 이야기

톤과 관련된 부분에서는 자신의 원래 목소리를 기준으로 크게 두 가지의 상반된 모습을 보인다.

첫 번째는 실제 목소리와 맞지 않는 톤이 습관이 되어버린 사람들이다. 내가 속한 사회나 가정에서 필요한 목소리이든 내가 원한 목소리이든 말이다. 편안한 톤이 아닌 다른 톤으로 목소리를 내는 것이 습관이 된 경우이다. 여기에 속한 사람들은 발성기관에 편안한 톤을 찾더라도 오랫동안 습관이 된 톤을 더 편안하다고 생각한다. 몸이 느끼는 편안함이 아님에도 변화하는 것에 거부 반응을 보인다. 물론 성대에 무리를 덜 주는 복식호흡만으로도 목이 쉽게 지치는 것을 막을 수는 있다. 하지만 여기에 해당한다면 원래의 톤을 찾는 것이 근본적인 해결책이다.

두 번째는 자신의 목소리에 맞는 편안한 톤이지만 거기에 만족하지 못하고 다른 인위적인 목소리 톤을 원하는 사람들이다. 나는 이들에게 왜 다른 톤에 끌리는지, 왜 다른 톤을 얻고 싶은지 묻는다. 그리고 지금의 톤이 얼마나 매력적인 이야기를 나눈다.

오랫동안 사무직에서 일하다가 서비스직으로 이직하게 된 정인 씨는 목소리 톤을 높이고 싶다고 나를 찾아왔다. 사무직에서 일할 때는 낮은 목소리여도 문제가 없었다. 하지만 서비스직에서 일하니 자신의 목소리가 사람들에게 잘 전달되지 않았다. 고객과 선배에게도 지적을 많이 받는다고 하였다. 결국 정인 씨는 낮은 목소리에 콤플렉스까지 생기고 말았다. 정인 씨의 목소리를 듣고 톤을 확인해 보니 지금 내고 있는 톤이 편안한 톤이었다. 솔직하고 털털한 성격과도 잘 어울리는 매력적인 목소리였다. 다시 원하는 목소리에 대해 함께 생각하고 이야기를 나누었다.

"높은 목소리를 원하는 이유가 뭐죠?"
"다른 사람들이 제 말을 지금보다 더 잘 들을 수 있었으면 좋겠어요. 그리고 힘이 없어 보인다고 다들 말해요."
"그러면 상대에게 잘 들리는 목소리를 원하시는 건가요?"

"네. 잘 전달되었으면 해요."

물론 낮은 톤보다 높은 톤이 (주파수가 높아) 사람이 많은 장소에서는 잘 전달된다. 하지만 낮은 톤으로도 충분히 잘 전달되는 목소리를 만들 수 있다. 정인 씨는 지금의 목소리에 대한 확신과 자신감이 없었다. 우선 자신감 있는 발성과 음의 초점을 밖으로 던져 잘 들리는 목소리가 되도록 변화시키는 것이 필요했다. 한 달 후 '한 번 말해도 상대방에게 잘 전달되는 진정성 있는 목소리'를 얻는 것을 목표로 하였다. 톤은 그대로 유지하였다. 자신감 있는 목소리로 사람들에게 말하는 상상을 하며 연습한 그녀는 한 달 후 본인도 만족할 만한 목소리를 찾을 수 있었다.

내게 맞는 편안한 톤 찾기

목소리 공부를 시작할 때 방법만 나열된 책들을 보며 이것을 왜 해야 하고 이 방법은 어떻게 도움이 되는지 궁금했다. 해부학 관련 책을 보고 고민하고 음성 재활 관련 공부를 하며 답을 찾았다. 성대의 집이라고 할 수 있는 후두에는 갑상연골, 윤상연골, 피열연골이라는 연골 삼총사가 있다. 턱 아래 목에 손을 대면 가장 넓은 면적을 차지하는 곳이 방패 모양의 갑상연골, 그 아래에는 반지처럼 둥근 모양의 윤상연골이 있다. 그리고 윤상연골의 뒤쪽 윗부분에 호미 모양의 피열연골 한 쌍이 있다. 갑상연골의 안쪽에 피열연골 전방과 측면으로 붙어 있는 근육을 갑상피열근ᴛᴀ muscle이라고 부른다. 소리를 낼 때 사용하는 성대근이다. 발성 시 갑상피열근의 긴장으로 성대를 단축해 긴장시키고 성문의 앞쪽 부분을 강하게 닫도록 돕는다. 성대 두께를 위아래로 두껍게 하여 성문하압을 형성하는 역할도 한다.

지금부터 톤을 잡기 위한 방법을 설명한다.

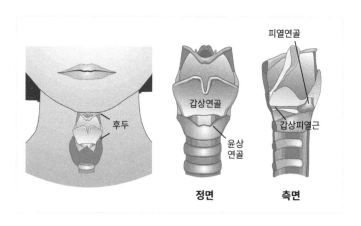

손으로 목을 감싸 보자. 튀어나온 부분이 만져질 것이다.

남성은 아담스애플이라고 하며 손으로 만지지 않아도 거울을 통해 확인할 수 있다. 갑상연골의 위쪽 넛츠이다. 편안하게 있을 때 이 부분의 위치를 느껴 보자.

다음은 '음~~~' 하면서 다시 위치를 느껴 보자. 변화가 있는가? 앞서 나에게 맞는 톤이 있다고 했다. 불필요한 근육을 사용하여 후두를 올리거나 내리지 않고 성대 앞부분이나 끝부분만 닿는 것이 아닌 성대 전체가 건강하게 움직이며 소리를 낼 수 있도록 해 보자. 성대 근육이 진동하며 편안하게 내는 소리가 포인트이다.

한 가지 유의할 점은 내가 높은 음을 낸다고 후두가 올라가고 낮은 음을 낸다고 후두가 꼭 내려가는 건 아니다. 저음일 때 피열연골은 내측으로 당겨지고, 갑상연골은 후방 이동이 거의 이루어지지 않아서 손으로 만져서는 변화를 보기가 힘들 수도 있다.

손으로 목울대(튀어나온 부분)를 만져 보고 아무런 말도 하지 않을 때의 위치와 허밍할 때의 위치가 같은 지점을 찾으면 된다. 음높이를 높이거나 낮춰가며 조절해 보자.

| 2장 |

내 목소리에
정성 들이는
습관

1장에서 좋은 목소리는 내가 소리 내기 편안하고 상대에게 잘 전달되면서 나를 잘 담고 있는 목소리라는 것을 알아보았다. 긴 시간을 말해도 목이 덜 아프고, 건강한 목소리를 오래 유지하기 위한 복식호흡 또한 배웠다.

이번 장에서는 편안한 소리에 정성을 더해 볼 것이다.

몇 년 전 개봉했던 일본 영화 〈일일시호일日日是好日〉의 주인공 노리코는 20년 동안 다케다 선생님 아래에서 다도를 배우며 차와 인생의 소중함을 깨달아 간다. 다도는 준비하는 과정부터 많은 규칙이 존재한다. 다건(찻수건)을 접을 때 손 동작, 손의 방향, 몇 번을 접어야 하는지, 먼지를 털 때 나는 소리까지도 중요하다. 보이지 않는 과정도 정성스럽게 준비해야 한다.

방법을 머리로 외우려고 하는 노리코에게 다케다 선생님은 이렇게 말한다.

"머리로 생각하지 말고 몸이 자연스럽게 따라가게 하세요."

영화를 보며 주인공이 된 나는 다도의 매력에 스며들었다. 다케다 선생님은 영화 후반부에 이런 말을 한다.

"같은 일을 반복한다는 건 참 행복한 일이에요."

그 행복이 그 말을 전하는 다케다 선생님의 얼굴에, 그리고 보는 내 마음에도 전해졌다.

내 목소리를 찾기 위해, 상대에게 잘 전하기 위해 필요한 방법이 머릿속이 아닌 몸에서 자연스럽게 나올 수 있도록 자주 경험해 보자. 반복하는 과정이 그대로 목소리에 담겨 상대의 마음으로 전해질 것이다.

 01 울림 있는 소리로 진동 더하기(공명 발성)

부모님은 지은 지 20년이 넘는 아파트에 살고 계신다. 아파트의 나이만큼 주변 나무도 제법 나이가 들었다. 큰 키를 자랑하는 나무에는 풍성한 잎이 있고 활엽수를 좋아하는 매미를 매해 여름에 만날 수 있다. 어렸을 적엔 매미 소리가 시끄럽다고 느꼈고 심지어는 자주 듣는 매미 소리에 무관심해지기도 했다. 그러던 어느 날 아이와 보게 된 책에서 매미는 종류에 따라 6~12년을 애벌레로 지내다 성충이 되어 한 해 여름만 나고 죽는다는 내용을 보았다. 그때부터였다. 매미의 소리에 더 귀를 기울였다. 수컷 매미가 자신의 유전자를 남기기 위해 암컷 매미에게 온몸을 울려 보내는 그 소리가 간절하고 사랑스럽게 들렸다.

매미소리와 공명(울림)

작년 여름, 아이들과 함께 친정에 놀러 갔을 때였다. 어김없이 매미 소리가 (우리가 있는) 4층 높이까지 울려 퍼졌다. 그 소리를 따라 밖으로 나섰다. 엄마(아이들에게는 할머니)가 앞장섰다. 매미를 실제로 볼 수 있을 것이란 기대감으로 아이들과 나는 뒤따랐다. 엄마가 큰 나무 앞에 멈춰 섰다. 몇 초도 안 되어 한곳을 가리켰고 손을 따라 시선을 옮기니 정말 매미가 보였다. 여기저기서 들렸다. 울리고 반복되는 소리, 나무와 비슷한 색을 하고 있어 찾기가 쉽지 않은 매미인데 엄마는 다른 나무에서도, 또 다른 나무에서도 쉽게 찾았다. 신기했다.

"엄마, 제 눈에는 안 보이는데 어떻게 그렇게 잘 찾으세요?"
"매미 소리가 들리는 쪽을 잘 보면 있어."

어쩌면 당연하기도 하고 단순한 이야기지만 나에겐 울림이 컸다. 엄마가 듣기의 고수라는 걸 그날 처음 알았다.

'내가 소리를 듣는 걸 좋아하는 건 엄마를 닮은 거구나.'

작은 몸집으로 온 마을을 울리는 매미처럼 우리의 소리도 온몸과 온마음을 담아 사람들에게 진심 어린 울림을 전해 줄 수 있다면 얼마나 좋을까?

울림을 더한다는 건

울림을 더한다는 건 약한 소리에는 힘을, 강한 소리에는 부드러움을, 가벼운 소리에는 무게를, 무거운 소리에는 가벼움을 더할 수 있는 마법과도 같다. 성대가 진동하는 소리를 들어 본 적 있는가? 사람 목소리라고 믿을 수 없을 정도로 단순한 신호음에 불과하다. 그 작은 음은 소리 길을 지나면서 증폭되고 바뀐다. 성대 위쪽의 길인 인두강을 지나 코의 비강, 입의 구강을 지나면서 증폭되고 소리를 만들어 낸다.

사람의 목소리를 내는 기관과 비슷한 현악기를 예로 들

어 보자. 줄의 길이는 진동 횟수와 연결되어 음역대의 차이를 만든다. 그리고 비어 있는 몸체는 공명을 더해 소리의 크기와 울림 정도를 결정한다. 현이 짧고 몸통이 상대적으로 작은 바이올린은 높은 소리, 현이 길고 몸통이 큰 첼로는 낮은 음역대를 담당하며 더 풍성한 울림을 전한다.

사람의 목소리도 마찬가지이다. 입안, 인두, 코 등의 공명강이 넓은 경우 더 큰 울림을 준다. 노래를 잘 부르는 가수의 외형을 보면 광대뼈와 코, 하악 등이 크다. 그런데 이보다 더 중요한 게 있다. 같은 첼로라고 해도 누가 어떻게 연주하느냐에 따라 우리의 귀에 들리는 소리는 전혀 다르다. 발성기관이 동일한 일란성 쌍둥이가 크면서 목소리가 달라지는 것은 후천적인 영향이 크다는 것을 보여주는 좋은 예이다.

지금 내고 있는 목소리가 작다고, 약하고 가는 목소리라고 실망하지 말자. 배우 에단 호크Ethan Hawke가 감독한 다큐멘터리 영화 〈피아니스트 세이모어의 뉴욕 소네트〉에서 피아니스트 세이모어는 학생들을 가르칠 때 '작게 더 작게'라고 말한다. 작은 소리지만 균형 있게 말할 수 있다면 소리를 증폭하는 과정은 어렵지 않다. 앞서 안정적인 호흡과 편안한 톤을 잡았으니 이제는 소리를 풍성하게 해줄 울림을

더해보자. 그 울림은 소리가 사라져도 오랫동안 그 자리에
남을 것이다.

소리에 울림을 주는 방법

동굴, 성당, 화장실, 욕실 등은 소리가 울린다. 공통점이
있다면 사방이 단단한 벽으로 이루어져 있는 점이다. 성대
의 진동음이 나오는 길, 그중에서도 단단한 부분을 함께 살
펴보자. 인두강을 지나 콧속에 있는 코뼈와 입천장인 경구
개를 지나게 되고, 코뼈와 입천장이 울림을 더해주는 장소
가 된다.

마법으로 이끌어줄 방법은 간단하다. 앞서 톤을 잡을 때
했던 방법을 한 번 더 떠올려 보자. '음~~' 마법 같은 허밍
이 소리에 울림을 주는 방법도 된다. 톤을 잡을 때도, 울림
을 줄 때도 이 단어만 있으면 된다.

'음~~'하며 코와 입술의 감각을 느껴보자. 어디에서 가
장 많은 진동이 느껴지는가? 코? 윗입술? 아랫입술? 좋은
목소리는 발성기관의 위와 중간 부분에 공명(입과 코 주위
의 공명)을 주는 것이다. 코와 입술 부분에서 음조의 초점이
맞으면 목소리는 깊고 풍부해지며 생생하면서도 탄력적으

로 나온다. 낮은 톤은 높은 톤에 비해 상대적으로 잘 들리지 않는다. 하지만 톤마다 상음이 존재하여 상음을 내기 위해 이러한 공명을 활용하면 된다.

이를 꽉 물지는 말자. 입술은 살포시 포개고 살짝 내밀며 '음~~' 허밍을 하자. 그리고 코와 윗입술을 만져 보자. 떨림이 느껴지는가? 진동이 약하게 느껴진다면 조금 더 주의를 기울인다. 몸과 입술에 힘을 빼고 '음~~' 허밍을 해 보자. 코와 윗입술에 떨림이 잘 느껴지는가?

나는 틈날 때마다 '음~~'을 한다. 울림을 더하는 연습이 될뿐만 아니라 성대에 점액질을 생성할 수 있도록 도와준다. 그리고 갑자기 말을 해야 하는 상황에서도 풍성한 목소리로 말을 할 수 있게 해 준다.

걷다가 사람이 드문 장소를 지날 때면 어김없이 허밍을 한다. 좋아하는 음악을 들을 때도 허밍을 하며 진동을 느끼는 건 나 자신에게 에너지를 주는 하나의 습관이 되었다.

음의 초점 맞추기

소리의 초점을 맞춘다는 것은 두 가지 의미로 해석할 수 있다. 첫 번째는 내 안에서 나오는 소리의 초점을 맞추는 것이다. 내 몸에서 나온 작은 소리에 공명을 더하기 위해 입과 코 주위에 초점을 맞춘다.

두 번째는 공명을 더한 소리가 시원하게 나갈 수 있도록 밖으로(상대에게) 초점을 맞추는 것이다. 진동을 더한 소리가 입 밖으로 나올 수 있으려면 어떻게 해야 할까? 입을 크게 벌려야 한다. 아무리 좋은 소리를 갖고 있어도 입을 벌리지 않거나 입술, 혀, 치아 등이 전달할 때 방해한다면 그 공명은 밖으로 잘 전달되지 않는다.

8년 전 설레는 마음으로 강남 근처에 작은 사무실을 마련했을 때가 생각난다. 한 켠에 시각장애인을 위해 책을 녹음할 수 있는 장소를 꾸몄다. 소리가 밖으로 나오지 않도록 하는 것과 소리의 울림을 줄이는 두 가지에 신경을 썼다. 커튼을 달고 계란판과 같이 생긴 벽을 만들고 난반사가 일어날 수 있도록 가구를 배치했다. 입을 벌리지 않는다는 건 스스로 방음 장치를 만드는 것과 같다.

그렇다면 입을 크게 벌리기만 하면 될까? 소리가 퍼지거나 아래로 떨어지지 않고 앞으로 나가기 위한 힘이 필요하다. 앞서 배운 복식호흡이 도움을 준다. 소리가 입에서 던져진다고 생각해 보자. '음~~'을 통해 만들어진 동그란 소리공이 '아~~' 하는 소리와 함께 밖으로 던져진다. 아무런 방해 없이 호흡의 힘을 더해 던져진 공은 앞으로 나아간다. 이때 어떻게 던지냐에 따라 상대가 받고 싶은 공이 될 수도 있고 피하고 싶은 공이 될 수도 있다. 상대를 속이고 놀라게 하는 변화구와 직구가 아닌 상대가 잘 받았으면 하는 마음으로 던지는 캐치볼처럼 던져보자. 윗니 안쪽에서 아치형태로 동그랗게 소리공을 던진다. 동그랗게 던진 소리는 상대의 귀가 아닌 가슴으로 들어간다.

수업을 진행하다 보면 상황에 따라 소리의 크기를 어떻게 조절해야 하는지 방법을 물어 온다. 소그룹으로 앉아서 이야기할 때와 많은 사람 앞에서 서서 이야기할 때는 어떻게 달라져야 할까? 상대에게 초점을 맞추면 자연스럽게 조절할 수 있다. 가까이에 있는 사람에게 소리공을 던지는 것과 거리가 있는 상황에서 소리공을 던지는 것은 차이가 날 수밖에 없다. 바로 앞에 있는 사람보다 멀리 있는 사람에게 말할 때 큰 압력이 필요하다. 그것을 생각하면서 소리를 내어 보자. 자연스럽게 소리의 크기가 커지는 것을 느낄 수 있다.

한 자 한 자에 정성을 담기

말에 정성을 담는다는 건 어른들에게 한 번쯤 들어 본, 어쩌면 식상하게 들리는 말일 수도 있다. 정성 성誠이란 한자를 보면 言(말씀 언)과 成(이룰 성)이 조합된 글자이다. '말을 갖추다.', '말을 참되게 하다.'라는 의미를 지녔다. 이처럼 '말'과 '정성'은 떼려야 뗄 수 없는 관계이다.

말에 정성을 담는다는 건

말에 정성을 들이기 위해서는 '내가 하는 말을 잘 들어주세요. 진심입니다.'라는 마음가짐과 그것을 전하기 위해 한 자 한 자에 정성을 담는, 머무를 수 있는 시간이 필요하다. 스타카토처럼 이야기한다거나 느릿느릿 이야기한다는 의미는 아니다.

오랫동안 사랑받은 TV 프로그램 중 〈가족오락관〉이 있다. 그중 흥미로웠던 한 코너가 있다. '고요속의 외침'이다. 게임 규칙은 간단했다. 세네 글자의 단어를 제시어로 주고 제시어는 첫 번째 사람만 볼 수 있다. 첫 번째 사람이 본 단어를 두 번째 사람에게 큰소리를 내어 전달한다. 예를 들어

'목소리'라는 단어는 '목!소!리!'라고 입 모양을 크게 하고 큰 목소리로 말을 한다. 두 번째 사람은 세 번째 사람에게, 세 번째 사람은 마지막 네 번째 사람에게 같은 방식으로 단어를 전하고 마지막 주자가 정답을 맞히는 게임이다. 게임의 포인트는 게임에 임하는 네 명 모두 음악이 크게 나오는 헤드폰을 끼고 있어 정답을 맞추기 어렵다는 점이다.

TV로 볼 때는 '그것도 못 맞혀?'라고 생각했다. 하지만 대학교 4학년 때 청각장애인 체험을 위해 같은 게임을 경험하면서 잘못된 생각임을 알게 되었다. 귀가 들리지 않는 상황(헤드폰 속 음악 소리가 너무 커 귀는 답을 맞추는 데 도움이 되지 않았다)에서 입 모양만으로 단어를 유추해야 하는 상황이었다. 그렇게 첫 번째 문제를 보낸 후 상대의 말에 더 귀 기울이고 있는 나를 발견했다. 그리고 그 단어를 내가 전해야 할 때는 평소보다 입 모양을 크게 움직이며 천천히 말을 하고 있었다.

한 문제도 맞히지 못하고 게임은 마무리되었지만 게임 점수보다 더 큰 것을 획득했다. 나는 말할 때 정성을 담자고 다짐하였다.

'선천적이든 후천적이든 듣는 것에 문제가 있어 입 모양을 통해 유추해야 하는 사람들은 대화할 때 얼마나 힘들까? 앞으로 대화할 때는 천천히 한 자 한 자에 정성을 담아야지.'

그리고 '상대가 내 이야기를 잘 들어주었으면 좋겠어.'라고 생각하니 속도는 자연스럽게 늦춰지고 입 모양도 더 커지며 정성이 담기는 것을 경험하였다.

한 자 한 자에 정성을 담는 방법

귀찮다는 이유로 소리를 흘려보낸다면 그 소리를 잘 들을 수 없다. 나조차도 무슨 말을 하는지 모르게 내뱉은 말이 상대에게 온전히 전달될 수는 없다. 정성을 담는다는 건 내가 하려는 말을 상대에게 잘 전달하기 위해 필요하다. 그 소리 에너지는 다시 내 귀로 들어와 내 몸 전체로 전해진다. 수강생 중에는 '사람들이 내 말을 잘 못 알아들어요.'라고 흔히 고민하는데, 말 속도가 빠르거나 웅얼웅얼 발음하기 때문이다. 속도와 발음 모두 잡을 수 있도록 한 자 한 자 정성을 들인다는 생각으로 말할 것을 권한다.

한글은 자음과 모음으로 이루어졌다. 구체적으로 말하면 CVC(자음+모음+자음) 구조이다. 모음은 입 모양의 틀을 형성하고 자음은 조음기관의 움직임을 결정한다. 발음에 있어 가장 중요한 건 모음이다.

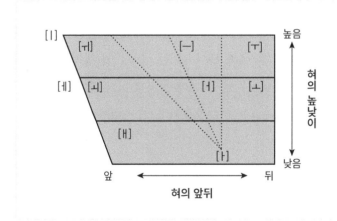

그림은 모음 발음에 따른 입 모양을 기준으로 그린 모음 사각도이다. 세로축은 혀의 높낮이를, 가로축은 혀의 앞뒤 위치를 나타낸다. 혀의 높낮이는 입이 크게 벌어지는 정도다. 입이 크게 벌어질수록 혀는 턱과 같이 내려간다. 입이 가장 크게 벌어지는 'ㅏ' 모음이 저모음이 되고 입이 가장 작게 벌어지는 'ㅣ' 모음이 고모음이 된다.

중요한 세 가지 포인트만 함께 짚어 보겠다. 입을 크게 벌려 줘야 하는 'ㅏ' 모음과 옆으로 가장 많이 늘어나는 'ㅣ' 모음, 그리고 입술을 모아줘야 하는 'ㅗ', 'ㅜ'의 입 모양을 명확히 구분해 보자. 모음 사각도에는 단모음(입 모양이 한 번에 걸쳐 소리 나는)만 있지만 이것을 기본으로 이중모음도 함께 연결해서 생각해 보자. 단모음이 한 번에 입 모양이 걸쳐 소리 나는 모음이라면 이중모음은 두 번에 걸쳐 소리 나는 모음이다. 예를 들어 'ㅑ'는 'ㅣ+ㅏ'가 합쳐져 소리가 나고 'ㅘ'는 'ㅜ+ㅏ'로 두 번에 걸쳐 소리가 난다. 여기서 앞에 'ㅣ(j)'와 'ㅜ(w)'는 반모음으로 짧게 소리가 난다.

- 입이 크게 벌어지는 모음: ㅏ, ㅑ, ㅘ(ㅜ+ㅏ)
- 입이 모아져 나오는 모음: ㅗ, ㅛ, ㅜ, ㅠ
- 입이 양옆으로 벌어지는 모음: ㅣ

'우유'라고 발음할 때 입술이 모아지는가? '아야' 할 때 입이 커지는가? 포인트 모음을 모두 엮은 '우리아이'를 스무 번씩 말해 보자. 이때 '우' 발음에서는 입술 앞에 주먹을 쥐고 앞으로 당기는 제스처를, 'ㅣ' 발음에서는 입술 양옆에 실을 잡아당기는 제스처를 취하는 것도 도움이 된다. 입술이 모아졌다 벌어졌다 옆으로 찢어졌다 하며 얼굴에 경련이 일어날지도 모른다. 그만큼 평소에 입 주위 근육을 많이 움직이지 않았다는 뜻이니 오늘부터라도 열심히 움직여 보자. 소리에 정성을 담기 위한 준비운동이라고 생각하면 좋겠다.

이번엔 자음이다. 자음을 너무 깊이 다루면 책을 쓴 목적에서 벗어날 것 같아 조심스럽다. 이론적인 부분은 깊게 들어가지 않겠다. 앞서 한글은 CVC 구조라고 했다. 한 글자의 처음 C는 초성, 마지막 C는 종성, 즉 받침이다. 둘 중 무엇이 중요할까? 물론 둘 다 중요하다. 하지만 그 중요성에 비해 홀대를 받는 받침에 대해 이야기하겠다.

정성을 들인다는 건 받침을 생략하지 않고 끝까지 다 내는 것과 깊은 관련이 있다. 우리나라 받침은 7종성이라고 부른다(ㄱ, ㄴ, ㄷ, ㄹ, ㅁ, ㅂ, ㅇ). 이 중 특히 길게 머물러야 소리가 나는 받침이 있다. 'ㄴ', 'ㄹ', 'ㅁ', 'ㅇ'이다. '엄마'를 말하기 위해 '어'를 온전히 낸 후 'ㅁ'이라는 받침으로 입술이 닫히며 마무리가 되어야 하는 것과 같다.

훈민정음의 매력에 빠진 요즘, 천지인과 음양오행으로 만들어진 한글이 위대하다는 생각을 하곤 한다. 움직이는 것은 하늘(초성)이고 멈춰 있는 것은 땅(종성)이며 움직임과 멈춤을 겸한 것은 사람(중성)이다. 그러니 초성은 중성을 만나 비로소 소리가 되고 종성으로 마무리된다. 하늘과 땅을 사람이 연결해 준다. 그러니 어찌 한 자 한 자에 정성을 담지 않을 수 있을까?

웅얼웅얼하는 습관은 모음 연습을 통해 고칠 수 있다. 속도가 빠른 건 받침에 좀 더 신경 쓴다고 생각하고 정성을 담으면 좋아질 것이다.

단어의 의미를 새롭게 경험해 보기

단어에 정성을 담아 말하다 보면 단어의 의미를 더 잘 이해할 수 있게 된다. 게다가 익숙했던 단어가 새로운 느낌으로 다시 다가올 때도 있다.

'숨'을 발음해 보자. 입을 오므리고 내밀어 '수'를 발음하고 입술을 다물어 'ㅁ' 받침으로 마무리한다. 나가고 들어오는 '숨'이 이 한 자에서 그대로 전해진다.

이번엔 '숲'(받침 'ㅍ'은 'ㅂ'으로 소리 난다)으로 해 보자. '수'라는 글자에 'ㅂ' 받침으로 마무리된다. 소리 내어 보자. 숲속에서 손과 발에 스치는 나뭇잎이 그려지지 않는가? 저마다 소리 낸 후 느껴지는 것이 다를 수 있다. 여러 번 소리 내어 보자.

'숲'과 '숨'은 비슷한 글자 같지만 소리 낼 때 느낌은 다르다. 어느 부분이 그런 차이를 만들어 낸 것일까? 받침을 잘 살펴보자. 'ㅁ' 받침에서는 길게 머물고 'ㅂ'에서는 짧게 끊어진다. 하지만 두 발음 모두 입술이 닫히며 다시 내 안에 소리가, 그 진동이 머문다. 비슷한 글자 같지만 발음을 내어 보니 전혀 다른 느낌이라는 것을 알 수 있다.

한 자 한 자에 정성을 들인다는 건 말과 사람뿐만 아니라 글자에도 생명을 불어넣는다. 글자가 살아 숨 쉬게 한다. 그 에너지는 다른 사람에게도 전해진다. 그리고 나에게도 다시 스며든다.

💎 실제 연습

말할 때 적용하기 위해 시간을 내어 연습하는 것이 필요하다. 앞서 함께한 것을 종합해서 연습해 보자.

편안한 자세로 앉는다. 그리고 눈을 감고 복식호흡을 한다. 이제 눈을 감고 내가 산이 되었다고 생각해 보자. 코로 숨을 들이마시고 내쉬고 들이마시고 내쉬고를 1분 정도 반복한다.

음~~

허밍을 통해 톤을 잡고 공명을 더한 후,

음~~ 아~~

밖으로 소리를 동그랗게 던져 보자.

이번엔 내가 자주 사용하는 말이나 듣고 싶은 말에 정성을 담아 보자. 받침은 나중에 따라 온다는 것을 꼭 명심한다.

감사합니다.

1단계: (한 자 한 자 천천히 던지듯) 음~~ 아~~ 가~ㅁ~사~~하~ㅁ~

니~~다~~

2단계: (이어서) 음~~ 아~~ 감~사~함~니~다~

'사랑합니다.', '고맙습니다.', '안녕하세요.' 등 자주 사용하는 말에도 적용해 보자.

💎 **소소한 성공을 미리 체험하기**(상상하기 명상, 시각화 명상)

스스로에게 말을 거는 건 나만의 의지로 할 수 있다. 하지만 상대방과 대화를 나누는 일은 그보다 쉽지 않다. 경험해 보지 못한 일을 이미 경험한 것처럼 도와주는 '상상하기 명상'을 함께 해 보자.

뇌는 실제와 상상을 구분하지 못한다. 과거의 기분 좋았던 일을 떠올린 후 원하는 모습을 상상하면 그것이 현재 일어나고 있는 일인 것처럼 착각을 한다. 예를 들어 중요한 발표나 면접이 있을 때 어느 장소인지, 몇 명이 함께하는지 등의 정보를 미리 조사한 후 상상할 때 적용한다면 더욱 실재감을 느낄 수 있다. 그리고 중요한 그날에도 긴장을 줄이며 말을 할 수 있다.

상상하기 명상은 수강생의 발표 울렁증을 극복하는 데 실제로 많은 도움이 되는 방법이다. 시작하기 전에 두 가지만 미리 생각하자. 첫 번째는 과거의 기분 좋았던 기억을 떠올리자. 중요한 시험에 합격한 일, 좋아하는 사람과 첫 데이트를 했던 일, 좋아하는 곳으로

117

여행을 갔던 일 등 모두 좋다. 떠올렸을 때 기쁘고 행복한 마음이 드는 경험을 떠올리면 된다. 두 번째는 내가 이루고 싶은 (단기적이고 구체적인) 목표를 다시 한 번 생각해 보자.

두 가지 모두 준비되었다면 상상하기 명상을 통해 현실이 될 미래를 미리 경험해 보자.

상상하기 명상

나는 지금 편안한 의자에 앉아 있습니다.

머리에서부터 발끝까지 좋은 에너지가 흐릅니다.

이 에너지는 머리에서 손끝까지 이어지고

손끝에서 발끝까지 이어집니다.

내 앞에서는 프리지아 꽃이 한 아름 안겨 있습니다.

향기를 맡아 볼까요?

깊게 들이마시고 내쉬고 들이마시고 내쉬고를 반복합니다.

4초간 들이마시고 4초간 내쉬겠습니다.

들이마시고(하나, 둘, 셋, 넷), **내쉬고**(하나, 둘, 셋, 넷),

들이마시고(하나, 둘, 셋, 넷), **내쉬고**(하나, 둘, 셋, 넷)······.

호흡은 계속 유지하세요.

기분 좋았던 경험을 떠올립니다.

바람이 불었는지, 해가 쨍쨍했는지, 비가 왔는지, 어떠한 향기가

났는지, 어떠한 소리가 들렸는지, 누구와 함께였는지

구체적으로 느껴보세요.

입가에 미소가 지어집니다.

나는 가장 편안한 상태입니다.

이제 미래로 갑니다.

한 달 후, 두 달 후…….

내가 목표로 적은 그날을 떠올리며 나는 어디에 있고, 누구와

함께하며, 어떠한 이야기를 나누는지 구체적으로 상상합니다.

자신감 있는 목소리와 표정으로 원하는 말을 잘 전달하고

상대도 고개를 끄덕이며 내 이야기를 듣고 있습니다.

상상하기 명상이 처음이라면 기분 좋은 기억을 떠올리는 단계부터 쉽지 않을 수 있다. '언제 기분이 좋았지?'가 아닌 진정으로 행복을 느꼈던 일, 온몸의 감각을 통해 생생히 기억나는 경험을 계속해서 떠올리려 노력해 보자. 만약 과거 경험은 잘 떠오르는데 목표로 적어 둔 미래를 떠올리는 것이 힘들다면 목표를 조금씩 수정해 보는 것도 좋다. 단순히 '정확한 발음을 갖고 싶어요.', '목소리가 커지

고 싶어요.' 가 아닌 내가 추구하는 가치에 맞는 목소리를 가진 특정한 사람을 떠올리자. 그 사람이 내고 있는 목소리이니 거부감이 줄어들 것이다. 현실적인 목표를 떠올릴 수 있도록 다시 한 번 구체적으로 생각해 보자.

제 3 부

목소리, 사랑하다

아는 것과
사랑하는 것의
차이

새벽 5시 즈음, 카페 라떼의 향을 맡으며 감각이 깨어나기를 기다린다. 아이들이 깨기 전에 글을 쓰는 시간이다. 내 목소리를 아는 것은 중요한 일이지만, 그것이 끝은 아니다. 목소리에는 많은 것이 담긴다. 단순히 소리만 담기는 것이 아님을 우리는 이미 살펴보았다. 내가 나를 찾아갈수록 내 목소리도 더욱 나다워진다. 내 목소리를 이해하며 나의 진짜 목소리를 찾아가는 과정을 통해 목소리뿐만 아니라 내 삶 전체가 변화하는 경험을 하게 된다. 책을 읽는 독자 여러분에게는 어떤 변화가 생기고 있을까?

내 목소리에 좀 더 귀를 기울이게 되었을까? 아니면 조금 더 자주 내 목소리를 밖으로 내어보고 싶어졌을까? 말을 더 많이 하고 싶어졌을까? 아직 잘 모르겠다고 해도 괜찮다. 지금까지의 여정에 함께 하는 독자가 있다고 생각하니 마음이 아주 따뜻해진다.

사랑합니다.

사랑합니다.

살아갑니다.

살아갑니다.

뜬금없이 느껴지겠지만 지금의 내 마음을 고백해 보았다. '사랑합니다.'로 시작된 고백은 어느 순간 내 귀에 '살아갑니다.'로 바뀌어 속삭이고 있다.

'그래, 사랑하는 마음은 살아 있음을 느끼게 해주지.'

누군가를 사랑하면 그 사람을 위해 더 나은 내가 되고 싶고 그럴 수 있는 용기가 생긴다. 나도 사랑하는 내 편과 두 아이를 생각하며 책을 쓸 용기를 낼 수 있었다. 나를 사랑한다는 건 나를 위해 어제보다 더 나은 내가 되고 싶어지고 더 잘 살아가고 싶다는 마음이 생기게 만들어 준다.

01 내 목소리를 사랑한다는 건

내가 목소리를 사랑하게 된 과정을 떠올려 보았다. 내 목소리가 내 마음을, 그때의 나를 보여 주고 있었다.

존재감 없던 청소년 시절에는 목소리 내는 것을 두려워한 나머지 '목소리'를 내 안에 꼭꼭 감추고 지냈다. 너무 깊게 숨어 있는 목소리는 정작 필요한 상황에서도 밖으로 나오는데 시간이 걸렸다. 여러 장애물에 걸려 제대로 나오지 못했다. 그러다 선생님께서 건네준 응원의 말 덕분에 제대로 책을 읽어 보고 싶다는, 목소리를 내어 보고 싶다는 생각을 하게 되었다. 드디어 목소리가 밖으로 나오게 되었다. 20대 초반의 목소리는 조금 작았지만 '말을 더듬는다는 생각'으로부터 자유로워진 가벼운 목소리였다.

목소리로 힘을 주는 사람이 되고 싶다는 생각을 하던 20대 중반, 바라던 DJ가 되었고, 마치 꿈을 다 이룬 것처럼 설렜다. 좋아하는 아나운서의 어투와 비슷한 목소리를 내며 그게 내 목소리라고 착각했다. 'OOO 아나운서 같아요.'라는 말이 기분 좋았지만, 진짜 내 목소리를 알지 못했던 시기였다.

보이스 컨설턴트를 시작한 20대 후반에는 내 경험이 사람들에게 도움이 될 것이란 확신이 있었다. 목소리 또한 자신감에 넘쳤다. 짧은 단발에 정장, 높은 구두를 신고 전문가다운 외형을 보여 주는 것도 소홀히 하지 않았다.

내가 진정으로 내 목소리를 사랑하게 된 것은 언제였을까? 선생님의 한마디에 용기를 얻어 책 읽는 연습을 했을 때? DJ를 하며 사람들에게 내 목소리를 들려주었을 때? 보이스 컨설턴트를 시작하던 그때?

아마도 생각과 감정으로 막혀 있던 목소리를 밖으로 낼 수 있게 된 그 순간이 사랑의 시작이었을지도 모르겠다. 하지만 완전히 사랑하게 됐다고 말할 수 있는 때나 좋아하던 누군가의 목소리와 닮아가던 때나 자신감 있는 외형과 목소리로 무장을 하고 있던 때도 아닌 누구의 말에도 흔들리지 않고 내 목소리를 낼 수 있었던 바로 그때였던 것 같다. 따져보면 지금으로부터 채 5년이 되지 않았다. 내 목소리를 내는 것에 자유로워지자 내면의 목소리에 귀 기울일 수 있게 되었다. 그리고 또 한 가지 확실하게 말할 수 있다. 그때보다 지금 더 나를 사랑한다는 사실이다.

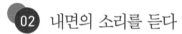

02 내면의 소리를 듣다

2013년 결혼 후, 별다른 마케팅 없이도 찾아오는 사람이 늘어나고 사업도 자리 잡아 갈 때 첫째를 임신하였다. 출산 한 달 전까지 수업을 할 정도로 일에 대한 열정으로 가득 차 있던 30대 중반이었다. 하지만 아이에게는 애착과 자기 신뢰를 형성할 수 있는 첫 1년이 중요하다고 생각하여 돌이 될 때까지는 일을 하지 않겠다고 다짐했다.

2014년 12월 24일 많은 이의 축복 속에 현서가 태어나고 소중한 시간이 흘러 돌을 앞두게 되었다. 내면에서 이러한 목소리가 들렸다.

'목소리 내는 일이 더 간절하게 필요한 사람들을 생각해 보는 건 어때?'

하고 있는 일 자체도 즐거웠고 소명이라 생각했다. 하지만 내면의 소리를 들은 후 한동안 잊고 지낸 언어치료사의 꿈이 떠올랐다. 바로 공부를 시작하였다. 3년이 지나 2019년 대학원 졸업과 동시에 의사소통에 어려움을 갖는 아동에게 도움을 줄 수 있는 자격을 얻게 되었다. 과정이 순탄치는 않았다. 둘째 선하가 졸업을 1년 앞둔, 한참 실습을 하던 그 시기에 세상에 나왔기 때문이다.

하지만 힘들지는 않았다. 내 선택이었다. 그리고 공부를 편하게 하라고 아이들을 보살펴 주시는 어머님과 아버님, 내 편에게 감사한 마음이 들었다. 그렇게 현재까지 언어치료사로서 경험을 쌓고 있다. 그리고 더 많은 사람이 자신의 목소리를 낼 수 있도록 도와주는 일로 이어지고 있다.

나를 사랑한다는 건 더 잘 살아가고 싶은 마음이 생기는 것이다. 어제보다 오늘, 오늘보다 내일 더 나은 내가 되어 가는 것이다. '더 나은 나'는 저마다 중요하게 생각하는 가치가 다르기에 기준이 다를 것이다. 나는 '나눔과 공감'이 삶의 가치이다. 내 목소리를 사랑하게 된 그때부터 더 좋은 내가 되고 싶어졌다. 삶의 가치를 생각해 볼 수 있었고 그 가치에 맞는 방향으로 나아가려고 노력 중이다.

명상을 접한 나는 추구하는 가치가 한 가지 더 늘었다. 지혜로운 삶을 살고 싶다. 그래서 나에게 '더 좋은 나'란 지혜로운 내가 되어 가는 것이다. 그러한 방향성이 사람을, 세상을 대하는 나의 태도를 바뀌게 했다. 지금은 사람들의 목소리가 좋고 나쁨을 평가하거나 방법을 제시하기보다 스스로 찾아갈 수 있도록 돕는 일이 더 즐겁다.

내가 세상을 변하게 할 수는 없다. 하지만 내가 세상과 사람을 바라보는 태도가 변하니 세상과 사람들이 나를 대하는 태도가 바뀌었다.

💎 자애 명상

내가 세상에서 가장 사랑스럽고 소중한 존재임을 일깨우고 더 나아가 다른 사람과 또 다른 생명 모두 나와 다르지 않다는 마음을 일깨우는 명상이 있다. 바로 '자애 명상'이다.

본격적인 자애명상에 들어가기 전 나를 사랑하는 마음을 담아 스스로에게 말을 거는 것처럼 말해 보자.

나에게 해 주고 싶은 말

OOO 넌 멋있어.

넌 멋있는 사:람이야.

넌 이 우:주에 하나밖에 없:는/ 귀:중하고 소:중한 존재야.

넌 성공을 보장받고 이 세상에 태어났어.

네가 꿈꾸는 건 뭐든지 할 수 있어.

넌 반드시 해:내고야 말 거야.

반드시 해:내고야 말 거야.

난 너를 믿는다.

아이들과 자기 전 자애 명상을 함께한다. 처음엔 귀여운 목소리로 따라 했지만 이제는 상황에 구애받지 않고 길을 걷다가 '내가 행복하고 평화롭기를'하고 갑자기 소리 내어 나를 미소 짓게 한다. 자애 명상을 전하는 분은 많지만 나는 그중 김재성 교수의 방법을 사용한다.

명상을 하기 전 지금까지 살아오면서 남들에게 잘못한 일이 있다면 용서를 구하고 다른 사람들의 잘못도 용서한다. 명상 전 용서의 마음을 일으키면 더욱 안정적으로 명상할 수 있다.

자애명상 전 용서를 구하고 용서하기

만일 내가 다른 사람에게 몸으로 입으로 생각으로 잘못을 행했다면 내가 평화롭고 행복하게 살 수 있도록 용서받기 원합니다. 또한 누군가가 나에게 몸으로 입으로 생각으로 잘못을 행했다면 그들이 평화롭고 행복하게 살 수 있도록 나는 용서합니다.

나를 향한 자애명상 (3번 반복)

나 자신을 향한 자애의 마음을 일으킵니다.
내가 행복하고 평화롭기를, 자유롭고 안전하기를, 괴로움과
슬픔에서 벗어나기를 바랍니다.

내가 행복하고 평화롭기를, 자유롭고 안전하기를, 괴로움과
슬픔에서 벗어나기를 바랍니다.

사랑하는 대상을 향한 자애 명상 (3번 반복)

우리 가족이 행복하고 평화롭기를, 자유롭고 안전하기를,
괴로움과 슬픔에서 벗어나기를 바랍니다.
우리 가족이 행복하고 평화롭기를, 자유롭고 안전하기를,
괴로움과 슬픔에서 벗어나기를 바랍니다.

모든 살아있는 생명을 향한 자애 명상 (3번 반복)

눈에 보이거나 보이지 않거나 멀리 있거나 가까이 있거나
작거나 크거나 온 우주에 존재하는 모든 생명을 향해서 자애의
마음을 일으킵니다.
온 우주가 행복하고 평화롭기를 자유롭고 안전하기를 괴로움과
슬픔에서 벗어나기를 바랍니다.
온 우주가 행복하고 평화롭기를 자유롭고 안전하기를 괴로움과

슬픔에서 벗어나기를 바랍니다.

대상은 나와 가족뿐만 아니라 평소 고마움을 느끼는 대상이 될
수 있다. 나와 가깝게 지내는 사이는 아니지만 얼굴을 아는 대상,
예를 들어 경비 아저씨, 식당 주인이 될 수도 있다. 자애 명상은 내
안의 분노를 가라앉히고 기쁨과 행복, 안정을 불러일으킨다. 그리
고 다른 사람의 행복까지 기원하는 더 큰 마음을 품게 된다.

03 어떠한 목소리의 사람으로 기억될 것인가?

연예계를 떠들썩하게 했던 미녀와 야수 커플이 있었다. 주
인공은 배우 김혜수와 유해진이다. 그때도 보이스 컨설턴트
를 하고 있을 때라, 유해진의 얼굴보다 목소리가 먼저 떠올
랐다. 허스키하고 가는 발성에 조금은 높은 톤, 그리고 특유
의 억양이 생각났다. 솔직히 말해서 발성학적으로 볼 때 좋
은 목소리는 아니었다.

커플임을 알리는 기사가 나왔을 때 모두들 의아해했다.
하지만 시간이 흐르면서 사람들은 배우 유해진의 매력에

관심을 보이기 시작하였다. '박학다식해서 주제가 무엇이든 이야기가 끊이지 않는다.', '대화가 통한다.' 등이 매력으로 꼽혔다. 그리고 우리는 그의 진짜 매력을 스크린이 아닌 TV 프로그램을 통해 확인할 수 있었다.

〈삼시세끼〉라는 프로그램을 통해 본 그는 소탈하면서도 지적이었다. 보는 이에게 잔잔한 미소를 주면서도 과하지 않은 유머가 있었으며 한마디의 말에서도 진심이 묻어 나왔다. 굉장히 매력이 넘치는 사람이었다. 몇 시간 동안 한 마리의 물고기를 잡지 못한 날도 힘들어하지 않고 다른 동료에게 미안함을 표했다. 오랜 시간 공을 들여 겨우 한 마리를 잡았을 때도 작은 물고기임을 확인하고 더 커서 오라고 말하며 놓아주었다. 그의 팬이 된 나는 5년 전 손석희와의 인터뷰도 찾아보았다.

손석희: 조연상만 받으셨는데 주연상에 욕심이 나지 않으세요?

유해진: 주연상을 받아야지 하는 욕심은 없습니다. 사실 맡기도 힘들겠지만 지금 있는 상만으로도 충분하다고 생각합니다.

손석희: 정말이십니까?

유해진: 정말입니다. (손사래를 치며) 이건 정말입니다.

손석희: 정말처럼 느껴집니다.

유해진: 이게 진짜니까요.

   떨린다고 말하는 그는 인터뷰 내내 편안함과 여유로움을 유지하며 특유의 유머도 잃지 않았다. 대화를 거듭할수록 겸손함과 따뜻함, 지성미를 느낄 수 있었다. 인터뷰에 달린 댓글도 재미있었다. 그중 '언제부턴가 유해진님이 잘생겨 보인다.'라는 댓글에서 웃음이 빵 터졌다. 동시에 공감이 갔다. 나도 언젠가부터 그가 잘생겨 보였다. 만약 스크린을 통해 연기하는 모습만 보고 평소 말하는 모습을 보지 못했다면 그의 매력을 느낄 수 있었을까?

   내가 기억하고 있던 그의 목소리는 평상시 말하는 목소리가 아니었다. 독특한 캐릭터를 표현하기 위해 속도, 톤, 억양, 어투 등에 변화를 준 목소리였다. 평상시 대화할 때 그의 목소리는 허스키함은 그대로이지만 높지 않은 톤에 속도도 빠르지 않고 쉼을 충분히 주며 듣는 사람을 편안하게 해주는 어투였다. '좋은 목소리' 하면 떠오르는 배우의 목소리와는 조금 다를지도 모른다. 하지만 그의 내면을 잘 담고 있는 개성 있는 목소리는 외형을 넘어 그만의 매력을 느끼기에 충분했다.

| 2장 |

행복한 대화

내 목소리를 듣는 건 내 마음을 듣는 일이다. 목소리를 내며 내 마음을 살피기도 하지만 내 마음이 좋지 않을 때 나는 나에게 말을 건다.

"윤경아, 힘들었지?"

눈물이 왈칵 나오기도 하고 또 다른 말이 나오기도 하면서 참을 수 없었던 답답함이 조금씩 해소된다. 행복할 때도, 슬플 때도, 두려움이 느껴질 때도 나는 나와 대화한다.

01 나와의 대화

누군가 적어 놓은 글귀가 내 목소리로 전해질 때 나는 특별함을 느낀다. 토닥토닥 마음결을 어루만져 주고 힘차게 나아갈 수 있는 용기를 주기도 한다. 특히 시를 읽다 보면 마음의 날씨에 따라 고르는 시도 달라진다. 같은 시라도 내 기분과 상황에 따라 다르게 읽히고 다르게 들린다.

언제부터인가 내 취미는 낭독이 되었다. 낭독은 글자를

소리에 담아 밖으로 내어 보는 일이자 활자에 생명을 불어넣는 일이다. 낭독은 남을 위해서도 아니고 목적이 있는 것도 아니다. 그래서 더 편안하게 있는 그대로의 나를 담을 수 있다.

나는 산책을 하며 낭독하는 것을 좋아한다. 몸을 움직이면 자연스럽게 몸의 긴장을 풀 수 있다. 움직임이 주는 리듬감이 소리에 생동감을 더한다. 막혀 있지 않은 공간이 주는 자유로움이 참 좋다. 무엇보다 자연은 내 목소리를, 그리고 나를 쉽게 판단하거나 평가하지 않는다. 그 경험은 나에게 늘 새롭게 다가온다.

여느 때와 다름없이 인적이 드문 산책길을 걷고 있었다. 새벽 공기가 주는 상쾌함을 두 팔을 벌려 온몸으로 맞이했다. 호흡을 통해 온몸의 세포를 깨웠다. 그리고 날숨에 '감사합니다.'를, 또 한 번의 날숨에 '사랑합니다.'를 외치며 걸었다. 그날은 잘랄루딘 루미의 〈여인숙〉이라는 시가 생각나 계속 낭송하면서 걸었다.

인간이라는 존재는 여인숙과 같다.
매일 아침 새로운 손님이 도착한다.

기쁨, 절망, 슬픔

그리고 약간의 순간적일 깨달음 등이

예기치 않은 방문객처럼 찾아온다.

그 모두를 환영하고 맞아들이라.

설령 그들이 슬픔의 군중이어서

그대의 집을 난폭하게 쓸어가 버리고

가구들을 몽땅 내가더라도.

그렇다 해도 각각의 손님들을 존중하라.

그들은 어떤 새로운 기쁨을 주기 위해

그대를 청소하는 것인지도 모르니까.

어두운 생각, 부끄러움, 후회

그들을 문에서 웃으며 맞으라.

그리고 그들을 집 안으로 초대하라.

누가 들어오든 감사하게 여기라.

모든 손님은 저 멀리에서 보낸

안내자들이니까.

시를 낭송하고 있는데 까치 울음소리가 들려왔다. 소리를 따라 나무로 시선을 돌렸다. 두 마리의 까치가 눈에 들어왔다. 나는 시에 다시 주의를 기울이며 낭송을 이어갔다. 그런데 까치 두 마리가 내 소리를 듣고 있는 듯 나를 향해 고개를 돌렸다. 아무 소리도 내지 않은 채 나란히 앉아 있었다. 내 소리에 귀 기울이고 있다는 느낌을 받았다. 고요하고 평화로운 순간이었다. 그 순간을 영상으로 남기고 싶은 마음에 휴대폰을 만지작거리다 그만 평화로움을 깨뜨렸다. 그래도 그때의 느낌은 지금까지 생생하게 남아 있다. 누군가를 위해 낭독한 건 아니었다. 하지만 내 소리가 자연에, 지금 내가 있는 공간에 좋은 에너지를 전해 줄 수 있겠다고 생각했다.

낭독하기 좋은 또 다른 비밀 장소가 있다. 카페이다. 음악 소리가 크거나 사람들의 말소리가 크면 더 좋다. 사람과 사람이 만나 이야기를 나누는 카페에서 나는 나와 대화를 나눈다. '다른 사람은 생각보다 나에게 관심이 없다.'는 사실을 카페에서 경험하곤 한다. 조금은 시끄러운 카페에서 소음을 배경 삼아 내 목소리를 내고 귀 기울이다 보면 소리를 내는 것도, 내 귀로 내 소리를 듣는 것도 편안해진다. 글을 눈으로 볼 때와 다르게 소리를 내고, 많은 소리 중 선택된

내 소리를 들으면 더 깊게 마음속에 와 닿는다.

함께 나누고 싶은 시들이 있다. 이 시를 낭독해도 좋고, 좋아하는 책을 읽어도 좋다. 책을 읽는다면 한 문단 혹은 한 페이지 정도로 시작해 보자.

오직 하나뿐인 당신

제임스 T.무어

풀잎 하나하나 눈송이 한 송이 한 송이
조금씩 서로 다르다.
이 세상에 같은 것은 존재하지 않는다.

아주 작은 모래 한 알부터
밤하늘의 거대한 별에 이르기까지
모든 것은 그렇게 만들어졌고, 그 모습 그대로 존재한다.

얼마나 어리석은가, 서로 닮으려 하는 것이.
얼마나 부질없는가, 그 모든 겉치레가.
우리 모두는 마음에서 나왔고,
마음에서 나온 생각들은 결코 끝나지 않는다.

오직 나만 존재하여 나의 가능성이 펼쳐진다.

그리고 당신도 자랑스럽게 느껴보라.

오직 나만 존재한다는 그 사실을.

모든 것은 당신으로부터 시작된다.

인간이라는 이름을 가진 무한한 그 가능성으로부터.

나는 들었다

척 로퍼

나무가 하는 말을 들었다.

우뚝 서서 세상에 몸을 맡겨라.

너그럽고 굽힐 줄 알아라.

하늘이 하는 말을 들었다.

마음을 열어라. 경계와 담장을 허물고

날아보라.

태양이 하는 말을 들었다.

다른 이들을 돌보아라.

너의 따스함을 다른 사람과 나누어라.

냇물이 하는 말을 들었다.

느긋하게 흐름을 따라가라.

쉬지 말고 움직여라. 머뭇거리거나 두려워하지 마라.

작은 풀들이 하는 말을 들었다.

겸손하라. 단순하라.

작은 것들의 아름다움에 귀를 기울여라.

봄의 정원으로 오라

잘랄루딘 루미

봄의 정원으로 오라.

이곳에 꽃과 술과 촛불이 있으니

만일 당신이 오지 않는다면

이것들이 무슨 의미가 있는가.

그리고 만일 당신이 온다면

이것들이 또한 무슨 의미가 있는가.

아직 내 목소리를 찾지 못했다고 아쉬워하지 말자. 마음
이 움츠러들었던 기간이 길면 길수록 되찾는 데도 시간이

필요하다. 한 가지 확실한 것은 같은 시라도 매일 읽을 때의 느낌이 다르다는 점이다. 처음엔 서툴게 느껴지고 어색할 것이다. 하지만 그 소리는 귀로, 마음으로 스며들어 어느 순간 익숙해진다. 내 목소리를 밖으로 내는 것이 더 재미있어진다. 표현이 어색하기만 했던 내 마음도 원래의 자리를 찾는다. 더 나아가 마음을 열며 마침내 내 목소리를 사랑하게 될 것이다.

지금까지는 나와 만나는 시간이었다. 이제는 여기까지 함께 와준 당신과 한걸음 더 나아가려고 한다. 마음속에 쌓아 두었던 말의 짐을 사람들과 함께 나누어 보자. 당신이 조금 더 가벼워지기를 희망한다.

02 커뮤니케이션에서 사람을 이해한다는 건

2018년 11월 '지하철에서 난동을 부리던 취객을 한방에 진압하는 멋진 일반인'이란 제목으로 한 영상이 올라왔다. 영상에는 지하철 2호선 당산역에서 경찰 두 명에게 붙잡힌 중년 남성이 등장한다. 술에 취한 것처럼 보이는 남성은 경찰과 실랑이를 벌였고 고성이 오고갔다. 경찰은 남성을 향해 더 큰소리로 '그만하세요.', '지금 이러시면 공무집행 방해로 처벌받으실 수 있습니다.'라고 말했다. 남성은 아랑곳하지 않고 경찰을 밀치며 다른 곳을 향해 더 큰소리로 '찍어라!' 하고 소리를 쳤다. 그때 지하철을 기다리며 지켜보던 한 남성이 취객에게 다가왔고 그를 끌어안으며 '그만하세요.'라고 다독였다. 갑작스러운 포옹에 뒷걸음치던 취객은 곧 울음이 나오려는 듯 손으로 눈을 가렸다.

울컥했다. 댓글에는 '뒤통수를 맞은 느낌이다.', '제목을 보고 힘으로 제압했다고 생각했는데 반전이다.', '감동이다.', '저런 사람이 주변에 한 명만 있었으면 좋겠다.' 등이 있었다.

비언어적 표현: 취객의 난동을 멈추게 한 따뜻한 포옹

늦은 시간에 지하철을 기다리다 보면 취한 승객을 자주 볼 수 있다. 경찰과 실랑이를 벌이는 일도 흔하다. 그럴 때 어떠한 반응을 보이는가? '술 좀 작작 마시지.' 또는 '나에게만 피해가 안 오면 되지. 모른 척 하자.' 등일 것이다. 그런데 영상 속 남성은 달랐다. 술에 취한 사람을 편견 없이 그저 '사람'으로 대해 주었다.

생각해 보면 술에 취한 남성도 불안했을 것이다. 남성은 자신이 공격받고 있다는 생각에 스스로를 방어하려고 더 큰 소리와 거친 행동을 나타내며 저항했다. 더구나 술에 취한 상태였으니 자신의 행동을 통제하기 힘들었을 것이다.

경찰이 말한 '그만하세요.'와 지하철을 기다리고 있던 남성이 말한 '그만하세요.'에는 어떤 차이가 있었을까?

비언어적인 부분을 살펴보면 경찰은 목소리를 크게 하고 속도는 빠르면서 화난 감정을 드러내는 강한 어투로 이야기하였다. 행동은 취한 남성의 팔을 강하게 잡고 있었다. 취한 남성을 안아준 남성의 '그만하세요.'는 톤을 낮추고 취한 남성에게만 들릴 정도 크기는 작았으며 부드러운 어투로 취한 남성의 등을 살포시 감싼 채 말하였다.

숨은 의미를 살펴보자. 경찰의 '그만하세요.'가 '당신이 그러면 다른 사람한테 피해를 주잖아요. 다른 사람을 위해 지금 당장 그만하세요.'였다면 남성은 '지금 힘드시죠. 이해해요. 당신을 위해 그만하세요.'였다. 경찰의 의도는 취객을 제압하려는 것이었고 남성의 의도는 취객을 안심시키는 것이었다.

무엇보다 남성의 포옹은 취한 남성에게 안전함을 전해

주었을 것이다. 많은 사람이 영상을 통해 감동받은 것은 약한 모습이나 못난 모습을 보여도 편견 없이 그 모습 그대로 나를 안아줄 누군가가 필요했기 때문이 아닐까?

감정: 말은 모자라도, 넘쳐도 스스로에게 부끄럽다

말은 두 가지의 후회를 남긴다.

'아, 그 말은 하지 말았어야 하는데…….'
'그 말을 꼭 했어야 하는데…….'

두 가지 중 어떤 후회가 더 많을까? 단기적으로 보면 이미 뱉은 말은 주워 담을 수 없음을 알기에 후회가 더 클 것이다. 길게 보면 꼭 해야 할 말을 하지 않는 것이 쌓이고 쌓여 점점 더 말을 하기가 어려워지고 후회가 커질 것이다. 어렸을 때부터 습관이 되었다면 안에 가두어 둔 시간만큼 그 말을 꺼내는 데 오래 걸린다. 깊어지면 마음의 병이나 몸의 병이 될 수도 있다.

〈82년생 김지영〉의 주인공 김지영은 해리성 정체성 장애라는 마음의 병을 앓고 있다. 가끔씩 다른 사람이 된 것처럼 말하는 아주 드문 정신 질환이다. 김지영은 자신의 병을 알게 된 후 병원을 찾는다. 계속 자신을 탓하는 김지영에게 의사는 이렇게 말한다.

"지영 씨 탓, 아니에요. …… 그동안 화나거나 답답할 때 어떻게 하셨어요?"

장면이 바뀌고 딸과 함께 간 커피숍에서 커피를 엎지른다. 뒤에서 좋지 않은 시선으로 보고 있던 한 무리의 사람들이 한마디씩 한다.

"그러니까 맘충이라니까."
"집에서 (커피를) 내려마시지, 아이들을 데리고 왜 나와?"
"민폐다, 민폐."

영화 초반의 비슷한 상황에서 김지영은 그 자리를 피했다. 그런데 이번엔 다르다. 그들에게 다가가 이렇게 말한다.

"저기요, 저를 아세요? 제가 왜 맘충이에요? 제가 왜 벌레냐고요? 커피 주문하고 나랑 마주친 게 10분도 될까 말까인데 저에 대해 무얼 안다고 함부로 얘기하세요. 제가 무슨 일을 겪었고, 어떤 사람들을 만났고 어떤 생각을 하고 사는지 그쪽이 아세요?"

영화를 보고 있던 엄마들의 마음은 같았으리라. 속이 시원했다. 그리고 뭉클했다. 이때 의사의 처방은 마음속에 담아 두지 말고 글이나 말로 표현하라는 것이었음을 추측할 수 있었다. 영화 속 김지영은 겉으로는 모든 상황에 잘 적응하고 있는 것 같았지만 불편한 감정은 피하거나 안으로 누르고 있었다. 그러다 자신이 듣고 싶은 말을 마치 빙의가 된 것처럼 다른 사람의 입을 빌려 표현하기도 했다.

감정을 차단하거나 피하며 살아간 세월은 모든 목소리를 소거해 버릴 수 있다. 그러나 노력으로 완전히 극복할 수 있는 부분이기도 하다. 감정은 욕구의 반영이다. 불편한 감정이 느껴진다면 내 욕구가 충족되지 않았다는 증거이다. 감정을 행동에 대한 명령으로 받아들이기보다는 정보로 받아들여 보자. 불쾌한 감정이 느껴지는가? 그렇다면 그 감정의 이름을 불러 주자.

'두려움을 느끼고 있구나.'

'나는 무엇을 원하고 있지?'

숨을 크게 들이마시고 내쉬어 보자. 그다음 이야기를 이어가도 되고 호흡을 하며 침묵을 지켜도 좋다.

가능한 많은 감정을 느껴보는 것이 좋다. 감정은 그저 우리의 관심을 원한다. 우리가 알아주고 느껴주고 풀어 주길 원한다. '감정emotion'이라는 단어의 라틴어 어원은 말 그대로 '움직여 나온다'는 의미를 지닌다. 우리가 의식적으로 감정을 느낄 때 감정은 우리를 보살펴 주는 역할을 할 수 있게 된다.

'저 사람만 보면 짜증이 나.'라는 불쾌한 감정이 든다면 그 사람을 보면 내 안에 있는 어떠한 욕구가 충족되지 않았는지 살펴보는 것도 필요하다. 감정은 다른 사람의 행동에서 나온 직접적인 결과가 아닌 욕구의 작용으로 이해할 때 우리는 스스로의 자율성과 힘을 되찾을 수 있다.

- **욕구가 충족됐을 때 감정**

   평화로운, 사랑하는, 기쁜, 즐거운, 흥미로운
- **욕구가 충족되지 않았을 때 감정**

   화난, 슬픈, 두려운, 피곤한, 혼란스러운

149

감정에 휘둘리지 않고 당신이 말의 주인이 되어라. 필요한 말을 제때 하고 후회할 말을 덜하기를 바란다.

커뮤니케이션에서의 신념과 욕구

대화 중에 느끼는 불안은 상대방에게 보이거나 들리고 싶은 욕구, 받아들여지거나 소속되고 싶은 욕구, 스스로 안전하고 싶은 욕구와 관련이 있다. 대부분은 욕구를 충족할 수 있다는 자신감이 떨어질수록 침묵을 지켜야 한다는 압박을 받는다. 욕구를 충족하기 위한 방법을 찾을수록 우리는 압박을 덜 느끼고 대화의 흐름에 느긋하게 몸을 맡길 수 있다. 이러한 능력은 천천히 생겨난다.

앞서 대화에서 언제 불편이나 어려움을 느끼는지 알아 보았다. 한 번 더 확인해 보거나 지금 다시 생각해 보아도 좋다.

어떤 이에게 어떤 말을 들을 때 또는 할 때 불편하고, 언제 편안하게 느껴지는가? 적다 보면 반복되는 부분이 있다. 우리는 보통 관점과 편견을 바탕으로 데이터를 수집하고 그것이 상대에 대한 의도로 이어지며 관련된 것을 경험한다. 내가 갖고 있는 생각이나 과거의 생각이 아닌 현실 그대로의 대화를 관찰해 보자.

대화를 관찰할 때는 주변에서 보거나 들은 것에 대해 실제적이고 구체적이며 중립적이어야 한다. 아이 같은 어투의 50대의 여성은 '제가 말만 하면 사람들이 저를 무시해요.'라고 했다. 만약 그 여성이 다른 사람과 대화하는 영상을 찍는다면 '무시한다.'가 찍힐까? 아니다. 영상을 찍으면 객관적으로 내가 어떻게 보이는지 알 수 있다. 이처럼 관찰한다는 것은 내가 갖고 있는 생각이 틀릴 수 있음을, 그리고 그 해석은 사람마다 충분히 다를 수 있음을 말해 준다.

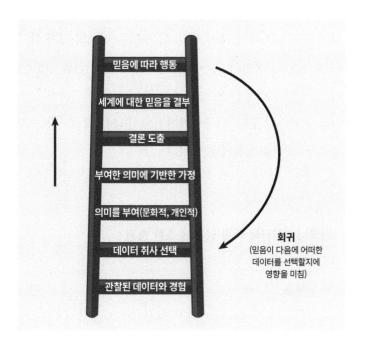

하버드 경영대학원의 유명한 경영학자이자 작가인 크리스 아지리스Chris Argyris는 '추론의 사다리'를 통해 우리가 어떻게 해석하고 결론으로 건너뛰는지 과정을 보여 준다. 가장 아래쪽은 관찰 가능한 모든 데이터이다. 이미지, 소리, 생각, 기분, 감각 등 다양한 정보에서 우리의 마음은 자연스레 어느 정도 관련 있는 특정 데이터를 선택한다. 그리고 기존의 신념과 결합해 행동하고 다시 관련된 특정 정보를 선택한다. 아무리 새로운 정보가 있어도 정해진 틀 속에서 보고 그것을 믿는다. 그것이 사실이 아닐 수 있다는 가능성을 열어 두고 대화에 임해야 한다. 그 사람은 어제의 그가 아닐 수 있다. 그의 생각이 내가 생각하고 있던 것과 다를 수도 있다. 아무리 오랫동안 본 상대라고 해도 쉽게 판단하거나 평가하지 말아야 한다. 커뮤니케이션에서 나를 이해한다는 것은 다른 사람을 이해하는 것이다.

커뮤니케이션에 나를 담는 소소한 습관

1. 눈맞춤

아이들의 언어 발달을 보면 신기하다. 누군가가 알려 주지 않아도 아이 스스로 배운다. 그중 자연스러운 과정일지라도 자연스럽지 않은 아동들이 있다. 선천적으로 듣는 것에 어려움이 있거나 의사소통에 관심을 갖지 않는 자폐 스펙트럼 아동의 경우이다. 이들에게 몇 개의 단어를 표현하는지보다 더 중요한 것은 바로 눈맞춤이 되는가이다. 눈맞춤이 되지 않는다는 건 '의사소통에 관심이 없어요.'를 의미한다. 눈을 맞추지 않으니 상대방의 입 모양을 보거나 얼굴 표정을 보며 상호작용을 할 수 없고 놀이 또한 한정적이 된다.

책을 읽거나 TV를 보는 가족에게 말을 걸었는데 상대가 듣지 못했던 경험이 있는가? '벽에 대고 이야기 하는 게 낫지.'라고 혼잣말을 중얼거렸던 경험도 있을 것이다. 상대가 대화의 준비가 되지 않았다면 똑같은 언어를 사용하더라도, 청력이 정상이라도 듣지 못할 수 있다.

준비되었다는 것은 어떻게 알 수 있을까? 그 사람의 이름을 불러 주고 서로 눈을 맞추는 것이 이야기의 시작이 된다. 아들 연구소 최민준 소장이 말하는 여러 번 말해도 듣지 않는 아들과의 대화 방법은 꽤 인상적이다. 하던 일을 멈추고 아들을 향해 몸을 돌린 후 다가가 아들의 이름을 부르고 눈을 맞춘 후 이야기하는 방법이다. 이처럼 눈맞춤은 언어 발달에서 중요할 뿐만 아니라 대화의 시작을 알리는 중요한 신호이다.

영화 〈아바타〉 속 나비족이 사용해서 유명해진 '사우보나'는 '나는 당신을 봅니다.'라는 의미를 지닌 아프리카 줄루족의 인사말이다. '사우보나'에 대한 대답은 '그래요, 나도 당신을 봐요.'라는 의미의 '야보 사우보나'이다. 이들의 인사는 '우리는 서로를 봅니다.'라고 인정하는 것이고 서로의 존재 그대로를 인정하는 말이다. 상대방에게 '나는 당신을 보고 있어요. 당신을 듣고 있어요.'라는 마음으로 눈맞춤을 한다면 상대는 안전함을 느끼게 된다. 상대가 느끼는 안전함은 나에게도 같은 느낌을 전해줄 것이다.

2. 멈춤

코로나19로 많은 것이 멈추었다. 경제, 일자리, 건강, 대면 교육, 취미, 엄마의 자유시간 등 생각하지도 못한 변화에 모두가 힘든 해였다. 나의 의지와 상관없이 멈추어지는 것에는 고통도 함께 따른다. 앞만 보고 달려온 나에겐 첫째 현서를 임신했을 때가 가장 큰 축복이자, 의지와 상관없이 멈추어야만 했던 첫 번째 순간이었다. MBC 기자이자 앵커인 김지경은 『내 자리는 내가 정할게요』에서 '임신과 출산

은 나의 머리채를 출발선 100미터 뒤로 확 잡아끌었다.'라
고 표현했다. 경력 단절된 워킹맘의 현실을 나타내기에 이
보다 더 좋은 표현이 있을까 싶다.

그러나 멈춤의 시간이 없었다면 가늘고 길게만 뻗으려던
가지가 외부의 환경에 잘 버틸 수 있었을까? 난 그 멈춤 덕
분에 위로만 뻗어 가던 가지를 잠시 멈춰 세울 수 있었다.
그리고 내가 가려는 방향이 맞는지, 나를 필요로 하는 사람
들은 누구일지 생각하며 뿌리를 더 깊게 내릴 수 있었다.
그동안 미루어 왔던 언어치료 공부를 통해 언어치료가 필
요한 아이들의 의사소통을 도울 수 있게 되었다. 부모와의
상담으로 아이가 일상 생활에서도 소통이 원활해질 수 있
도록 돕고 있다. 그 과정에서 아이의 목소리, 평소 사용하
는 말이 부모와 연결되어 있음을 몸으로 경험 중이다. 매일
아침에는 10분씩 명상을 하며 아직도 잡다한 생각이 많음
을 깨닫고 나를 더 알아가는 시간을 갖고 있다.

지금은 스스로의 선택으로 잠시 멈추었다. 그동안 경험하
며 뿌리 깊게 내린 가정의 소통, 사람과의 소통, 그리고 나와
의 소통을 어떻게 나눌 수 있을지 생각한다. 당신과 함께 걸
어갈 수 있도록, 더 많은 사람에게 닿을 수 있도록 말이다.

삶에 있어서 멈춤이 필요하듯이 대화에서도 멈춤은 중요

한 의미를 지닌다. 멈출 수 있는 사람은 스스로 선택할 수 있다. 특히 언택트 시대로 접어든 지금, 영상을 통해 사람들과 소통하는 현실에서는 말을 멈추는 것이 더 필요하다.

얼마 전 기업 교육을 전문으로 하는 기업과 인터뷰를 촬영한 적이 있다. 그리고 반성했다. '내가 이렇게 말을 길게 했나?' 싶을 정도였다. 오랜만의 인터뷰이기도 했지만 하고 싶은 말을 다 쏟아내는 나를 보면서 '쉼'이란 단어를 다시 떠올렸다. 멈춤은 습관적으로 해 오던 반응이 아닌 내가 말의 주인이 되고 선택할 수 있음을 알게 한다. 내가 들을 것인지 말할 것인지, 누군가를 통해 들을 것인지 말할 것인지까지 말이다. 말하는 사람은 너무 내 이야기만 하는 건 아닌지, 내용이 적절한지, 내 말의 속도와 목소리 크기 등이 격앙되지는 않았는지 등을 알아차릴 수 있다. 또한 단어 사이, 문장 사이에 잠시 멈추는 건 다음에 올 말을 자연스럽게 강조하기도 한다. 듣는 입장이라면 충동과 반응 사이에서 멈출 수 있도록 도와준다. 상대의 말이 내 생각과 다를 때 내 몸의 감각을 느끼고 마음에서 올라오는 생각과 감정을 바라보면서 어떻게 반응할 것인지 결정할 수 있다.

당장 미래를 내다볼 수는 없지만 멈추어진 이 상황은 계속될 것이다. 하지만 멈춤을 받아들인다면 또 다른 기회가 올 것이라는 말을 믿어 보자. 우리 스스로 멈춤으로 인한 변화를 수용하자. 이제는 누구나 내가 알고 있는, 내가 경험한 콘텐츠를 알릴 수 있고 나눌 수 있다. 영상을 통해, 글을 통해 내 목소리를 낼 수 있다. 시대 변화에 맞서는 것이 아닌 시대에 맞추어 함께 가는 것은 어떨까? 잠시 멈춤을 통해 나를 조금 더 가까이 만나 보자.

03 호기심과 친절한 의도를 갖기

'새로운 사람'이라고 생각하며 상대방을 대하자. 대화하기에 앞서 대화의 의도를 생각해 보자. '상대방에게 오늘 이 물건을 꼭 팔아야 해.', '저 사람이 날 좋아하게 만들 거야.'처럼 상대방을 내 목표대로 어떻게 해보려는 의도를 가지라는 것이 아니다. 편견을 갖거나 미리 결론을 짓지 말자. 이야기를 나누기 전 호기심과 배려의 마음을 갖자. 이 의도는 내면의 출발점이 된다. 서로의 내면을 주고받은 대화로 우리는 자연스럽게 신뢰의 탑을 쌓을 수 있다.

몇 년 전 한 대기업의 e러닝 강의를 맡았다. 상대방의 이야기를 잘 들어주는 사람으로 KBS1 〈아침마당〉을 진행했던 이금희 아나운서의 예를 들었다.

이금희: (최진희를 바라보며) 아~ 감사합니다.

(방청객을 향해) 다시 한 번 박수 보내주시기 바랍니다.

(노래에 감동 받은 표정과 목소리) 아⋯ 아⋯ 아⋯ 정말 감사합니다, 선생님.

이 아침에⋯ 선생님, 자리에 앉으세요.

(방청객들 바라보며 흥분한 어투로) 이렇게 좋은 노래를 1절만 들어요? 우리 2절 계속해요.

이 좋은 〈사랑의 미로〉라는 노래가 얼마나 됐죠?

최진희: 30년이요.

이금희: (노래 마이크를 실수로 계속 들고 있는 최진희에게) 마이크이기 때문에 내려놓으셔도 돼요.

지나온 30년 동안 많은 일이 있었는데⋯⋯

(자신의 일처럼 안타까운 표정을 지으며) 최진희 씨에겐 제일 힘든 사건이 있었잖아요.

목소리가 안 나왔던⋯⋯

최진희: (술술 이야기를 풀기 시작) ⋯⋯ 성대가 완전히 망가진 거예요.

이금희 아나운서는 노래를 희망으로 알고 지내던 가수 최진희를 초대해 성대 이상으로 목소리가 나오지 않았던 아픈 사연까지 술술 풀어냈다. 그녀는 말을 많이 하지 않는다. 그럼에도 몸과 표정에서 호기심과 친절함이 묻어져 나온다. 노래가 흘러나오는 내내 이금희 아나운서는 함께 따라 열창하고 게스트를 자리로 모시는 와중에도 공손함과 반가움을 잃지 않았다. 목소리와 표정, 태도만으로도 이미 게스트의 마음을 열게 했다. 나조차도 브라운관 속 그녀가 이웃처럼 느껴졌다.

누구나 어떻게 해야 상대방과 신뢰를 쌓아갈 수 있는지 알고 있다. 하지만 이금희 아나운서처럼 자연스럽고 편안하게 상대방의 마음이 열리게끔 적용하기란 쉽지 않다. 게스트의 마음을 활짝 연 이금희 아나운서의 비결은 무엇일까?

첫째, 잘 듣는다. 보통 '듣는 행동'을 수동적인 행동으로 이해한다. 결코 그렇지 않다. 오히려 적극적인 마음가짐 없이는 불가능한 능동적인 행동이다. 듣는다는 것은 고개를 끄덕이고 맞장구를 치기도 하면서 손짓이나 몸짓으로 '당신의 이야기를 진지하게 듣고 있다.'는 것을 온몸으로 전달해야 한다. 사람은 누구나 인정받고 싶어 하고 자신을 이해해 주기를 바란다. 이러한 욕구를 채워줄 수 있는 방법은 먼저 상대의 이야기를 잘 들어 주는 것이다. 이야기를 잘 들어 주면 상대방은 '무언가 좀 다르다.'는 좋은 인상을 받는다. 그 사람은 언제나 당신 편이 될 것이다.

둘째, 대화의 주제를 상대에게 맞춘다. 당신의 이야기는 최소한 줄이고 상대방에 대해 이야기하자.

셋째, 다양한 표정으로 상대와 시선을 맞추며 이야기한다. 기쁨, 놀라움, 감동 등의 표정이나 몸짓으로 감정을 나타내자. 그리고 이야기를 나눌 때는 상대의 눈을 본다.

넷째, 상대의 이야기에 적극적으로 호응하고 맞장구친다. 맞장구를 치는 것은 대화의 흐름을 원활하게 만들어 준다. 게다가 당신이 이해하고 있다고 생각한 상대가 계속 이야기를 이어가는 역할을 하기도 한다.

다섯째, 중간에 이야기를 끊지 않는다.

모두 기본적인 내용이다. 하지만 당신의 인상을 결정하는 데 큰 영향을 미치는 것들임을 잊지 말아야 한다. 공식처럼 외우며 연습하는 것에서 그치지 말자. 상대를 좋아하는 마음을 갖는 것이 더 중요하다. 그러다 보면 자연스럽게 상대의 말에 귀를 기울이게 되고 호응하며 표정도 밝아질 것이다.

새로운 세상과 만나게 될 당신에게

지금까지 내 목소리를 이해하고 소리를 내어 보았다. 나와 대화하는 시간에 이어 커뮤니케이션 속 나와 사람들을 이해하는 시간 또한 가졌다. 이 시간을 통해 내 목소리를 이해하고 찾고 밖으로 자유롭게 내어 보려 노력하면서 어떠한 마음이 들었는가? 처음에 적어 둔 목표와 얼마나 가까워졌는가?

수강생에게 '목소리 좋다는 소리를 요즘 많이 들어요.', '원하는 곳으로 취업했어요.', '큰 프로젝트를 딸 수 있었어요.', '목소리가 변하니 제 성격도 여유 있게 변했어요.', '떨지 않고 발표한 적은 처음이에요.' 등 목표로 했던 것이 이루어졌다는 이야기를 들을 때면 그 기쁨은 이루 말할 수 없다. 이보다 더 큰 감동을 느낄 때도 있다. 내향적이고 목소리 내는 것에 소극적이던 분이 '내 목소리에 관심을 갖게 되었어요.', '내 목소리를 내어 보고 싶어졌어요.'라고 전해 줄 때이다.

처음엔 내 소리가 작거나 발음이 어눌해서 혹은 소리 내는 것 자체에 대한 두려움 때문에 연습을 시작했는지도 모른다. 이 과정을 통해 점점 나를 더 좋아하게 되고 내 생각을 소리 내어 말하고 싶어지고 다른 사람과 나누고 싶어졌다면 당신은 지금 앞으로 나아가고 있는 것이다.

참된 삶은 만남이다

대학 같은 곳에 특강을 가면 흔히 마주하는 질문이 있다.

"목소리가 좋으면 성공할 수 있나요?"

나는 되묻는다.

"성공이 무엇이라고 생각하세요?"

다양한 답이 돌아온다.

"돈을 많이 버는 거요."
"원하는 일을 하는 거요."
"잘 먹고 잘사는 거요."
"사회에 도움이 되는 일을 하는 거요."

성공에 대한 기준은 사람마다 다르다. 하지만 그 목표를 이루는 과정 중 빼놓을 수 없는 건 '사람과의 관계'이다. 사람을 다른 말로 인간人間이라고 부르는 이유이기도 하다. 목소리는 내가 의미하는 바를 전달할 때 가장 유용한 도구이다. 호모사피엔스가 살아남을 수 있었던 이유 중 하나가 바로 목소리를 낼 수 있는 발성기관이 형성되었기 때문이라고 한다. 다양한 발성으로 먹을 것, 피해야 할 것을 서로 나누며 살아남았을 것이다. 목소리는 사람과 사람 사이에 관계를 맺는 것에서 더 나아가 생존을 위해서도 빼놓을 수 없다.

진심을 담은 목소리는 사람들에게 호감을 준다. 당신의 진정성 있는 말은 쌓이고 쌓여 신뢰를 얻게 되고 그 신뢰는 더 많은 기회로 이어진다. 목소리가 좋으면 사람의 마음을 얻는 데 도움이 된다. 그리고 사람의 마음을 얻으면 성공으로 가는 길이 더 빨리 열리게 될 것이다.

내 인생의 말 나누기

수업을 시작하기 전 항상 한 주 동안 일어난 변화를 공유하는 시간을 갖는다.

"한 주간 어떠셨어요?"

질문하면 다양한 대답이 돌아온다.

"혼자서는 잘되는데 다른 사람 앞에서는 못 해봤어요."
"엄마랑만 있어서 기회가 없었어요."

발표, 면접, 미팅 등 스스로 중요하다고 생각하는 것을 떠올리며 그런 일이 없었다고 아쉬워한다. 생각을 조금만 바꾸어 보자. 중요한 기회만을 마냥 기다리기만 한다면 기회가 왔을 때 제 실력을 발휘할 수 있을까? 일상은 그 시간을 대비할 수 있는 연습이다. 그리고 평소 마주치는 사람에게 당신이라는 사람이 누구인지 알려 줄 수 있는 중요한 기회가 될 수 있다. 집에 엄마와 둘이 있다면 대화 상대는 엄마가 될 것이고 편의점에 가서 물 한 병을 샀다면 편의점 직원이 대화 상대가 될 것이다. 목소리는 표현을 위한 기본적인 수단이자 나를 알리고 인식하게 만들 수 있는 청각적인 특징이 된다. 목소리를 통해 상대에게 나의 이미지가 만들어진다.

하루 일과를 떠올려 보자. 요즘 내 하루 일과는 이렇다. 아이들이 깨어나면 시작될 신나는(?) 하루에 대비해 명상으로 마음을 고요하게 한다. 오전에는 아이들과 함께 집 앞에서 자전거나 킥보드를 타고 배드민턴을 친다. 그러다 마주치는 아파트 경비원 아저씨나 청소하는 분께 '안녕하세요?' 인사를 건넨다. 편의점에서 아이들이 원하는 음료수를 사며 편의점 직원에게 '감사합니다.'라고 인사한다. 이외에도 만나는 사람과 진심을 담아 반갑게 인사하는 것도 포함된다. 강의를 하지 않을 때도 사람들을 만나게 되고 내 목소리와 말을 통해 관계를 맺는다.

　일상은 단지 하루만의 모습이 아니다. 하루하루를 충실히 쌓아가는 것이다.

우리는 연결되어 있다

　오스트리아 출신의 종교 철학자 마르틴 부버Martin Buber는 『나와 너』에서 이렇게 말한다.

　　'나' 자체란 없으며 오직 근원어 '나-너'의 '나'와 근원어 '나-그것'의 '나'가 있을 뿐이다.

　이 세상에 존재하는 '나'는 홀로 존재하는 것이 아닌 상호 작용하는 '나-너'와 '나-그것'으로만 해석한다. 그리고 그 안에서 '나'의 존재가 세워진다고 이야기한다. 나는 혼자 존재하지 않으며 당신이 있어야 비로소 내가 된다는 의미이다.

내 인생의 주인공은 나이며 당신 인생의 주인공은 당신이다. 다른 사람 또한 나를 위해 존재하는 사람이 아닌 주인공임을 인정해야 한다. 앞서 예를 들은 취객을 진정시킨한 남성은 취객을 인격체로 대했다. 〈82년생 김지영〉의 커피숍에서 비난의 말을 쏟았던 남성은 주인공 김지영을 자신의 인생을 방해하는 '객체'로 보았다. 그가 인격체 대 인격체로 보았다면 커피를 쏟은 김지영을 조금 더 이해할 수 있었을 것이다. 헨리 데이비드 소로Henty David Thoreau는 이렇게 말하였다.

사람들을 감동시키는 것은 그의 재능이 아니다. 가치 있는 것에 대한 그의 태도이다.

커뮤니케이션에서 가장 중요한 건 내 앞에 있는 상대에 대한 내 태도이다. 상대와 호기심 있고 친절한 마음으로 대화를 나눈다면 자연스레 눈이 맞추어진다. 그리고 상대의 말을 듣기 위해 침묵하는 시간이 길어진다. 그 안전함 속에

166

서 상대도 나도 편안함을 느끼게 된다.

이 책을 든 당신과 나는 이렇게 만났다.

존재감 없던 학창 시절 있는 그대로의 나를 보아 준 선생님을 만나 말 더듬는 것을 극복한 나이다. 말을 잘하지 못해서 듣는 것의 소중함을 알 수 있었고 보여지는 아나운서가 아닌 들려지는 DJ를 경험하였다. 그리고 선천적으로 성대가 약해서 책을 보며 목소리가 좋아지는 방법을 연습하였다.

12년이 지난 지금까지도 목소리로 힘이 되고 싶다는 소명은 변하지 않았다. 이 인연은 신뢰하고 있던 출판사 대표와 편집자, 디자이너, 인쇄소 직원으로까지 이어져 책이 세상에 나왔다. 그리고 당신이 선택해 주었다. 이 책을 읽고 있는 당신도 많은 이야기가 있을 것이다. 이야기 속에는 많은 사람이 있었을 것이며 앞으로도 많은 사람을 만날 것이다. 우리가 이렇게 연결되었듯이 이 연결성을 기억하고 만나는 사람들을 대하자.

조금이라도 세상 밖으로 나오는 일이 즐거운 일이 된다면 좋겠다. 당신은 이미 온전하다. 랄프 왈도 에머슨Ralph Waldo Emerson은 이렇게 말하였다.

자기 자신을 신뢰하라. 그러면 강철 같은 현의 떨림이 모든 이들의 가슴을 울릴 것이다.

떨림에 귀를 기울여 찾아낼 수 있고 나아가 자기 자신을 신뢰한다는 것은, 시선을 돌려 자신을 바라보고 자신의 소리를 들을 수 있게 된다는 것이 아닐까? 자신을 바라보고 자신의 목소리를 들을 수 있게 된다면 삶을 대하는 태도에 자신감이 생길 것이다. 그러니 기다려 주자. 고쳐지지 않을 것 같은 습관도 바뀔 수 있다는 믿음, 내가 원하는 모습으로 나아가고 있다는 기대를 하면서 말이다.

💎 산 명상 (나는 이미 온전한 존재이다)

명상에 들어가기 전 그동안 경험한 산 중 가장 웅장하고 안정적인 산의 모습을 먼저 떠올린다. 푸르른 나무로 가득 찬 산일 수도 있고, 열매와 꽃들로 가득 찬 산일 수도 있고, 눈으로 덮인 산일 수도 있다. 다음의 '산 명상'을 낭독하며 산을 떠올려 보자.

나는 편안한 상태입니다.
마음속에는 산의 모습을 생생하게 그려 봅니다.

나는 산의 이미지와 함께 산처럼 앉아 호흡하고 있습니다.

산의 영상을 자신의 몸속으로 그대로 끌고 옵니다.

앉아 있는 몸과 마음에 그린 산의 이미지가

그대로 하나가 되도록

마음속에서 그대로 그 느낌을 느껴 봅니다.

머리는 우뚝 솟은 산봉우리가 되고 어깨는 산의 능선이 되며

하체는 산의 기반이 되면서

웅장하고 안정감 있는 산의 모습이 됩니다.

그대로 마음속에 그린 산이 됩니다.

산은 지금 있는 그 위치에서

비가 오나 눈이 오나 햇빛이 쨍쨍하나 폭풍우가 몰아치나

그 자리에 우뚝 버티고 있습니다.

해가 떠서 해가 질 때까지

산속에서는 다양한 빛의 그림자가 생깁니다.

때로는 바람이 불고 눈이나 비가 오고 갖은 날씨 변화에도

산은 그 자리에 그대로 묵묵히 견디고 있습니다.

계절이 바뀌고 수많은 변화가 일어나도

산의 본질은 그대로 변하지 않습니다.

여름이 되면 녹음이 우거지고

곤충이나 식물이 왕성하게 생명력을 펼쳐 나갑니다.

가을이 되면 단풍이 들고 온 산의 색깔이 변합니다.

겨울이 다가오면서 낙엽이 지고 바람은 거세지고

앙상한 가지들만 남습니다.

산은 벌거벗은 것처럼 그 형상을 다 드러내면서

강한 추위에 그대로 노출되어 있습니다.

눈이 내려서 온 산에 하얀 눈들이 가득 차고

모든 것이 꽁꽁 얼어버린 한겨울도 뚫고 나갑니다.

이러한 상황에서도 봄이 되면

얼었던 물이 녹아서 흐르고 나뭇잎에서 새싹이 돋아납니다.

변화무쌍한 날씨에도 산은 그 자리를 지키고 있습니다.

때로는 등산객이나 방문객이 찾아와서

'생각했던 것보다 별로네.'라고 이야기하고

시끄럽게 자신이 하고 싶은 온갖 행위를 하고 산을 떠납니다.

이러한 비난에도 불구하고 산은 흔들리지 않습니다.

존재의 중심에 깊이 뿌리박고

어떤 변화에도 흔들리지 않고 평정심을 유지하고 있습니다.

어떠한 역경과 고난, 폭풍우가 찾아와도 꿈쩍하지 않는 산처럼

우리 안에는 엄청난 강인함과 안정감,

고요함, 평화로움이 있다는 것을 기억합니다.

우리는 각자가 엄청난 능력을 가진

내적 자원이 풍부한 존재라는 것을 기억합니다.

천천히 온몸으로 주의를 기울여 다시 돌아옵니다.

변화하는 나에게

이번 주는 유난히 비가 많이 내렸다. 괜히 감성적이 되어 추억을 떠올려 보기도 하고 이런저런 생각에 빠져 보기도 했다. 지난 추억 가운데는 좋은 일도 있었고, 고통스러운 일도 있었다. 잠깐 슬픈 감정이 올라오기도 하지만, 지금은 '아, 그랬었지.'라고 볼 수 있게 됐다. 아마도 이미 지나가버린 과거의 일이기 때문일 것이다. 카니발의 〈그땐 그랬지〉 가사처럼 말이다.

철없이 뜨거웠던 첫사랑의 쓰렸던 기억들도 이젠 안줏거리

딴에는 세상이 무너진다 모두 끝난거다 그땐 그랬지

참 옛말이란 틀린 게 없더군

시간이 지나가면 다 잊혀지더군

참 세상이란 정답이 없더군

사는 건 하루하루가 연습이더군

과거의 추억을 웃으며 떠올리듯이 목소리 낼 때 떠오르는 과거의 불편한 경험, 그로 인한 생각을 '그랬었지.'라고 웃으며 이야기할 수 있었으면 좋겠다. 지금은 그때와는 다르다. 비가 오고 그치고를 반복하듯 목소리 또한 늘 같지는 않을 것이다. 내 목소리를 이해하기 위해 나를 조금 더 이해해 보는 시간을 가져 보면 좋겠다.

나 자신에게 세 가지 질문을 해보자.

첫째, 내가 믿고 있는 신념을 떠올려 보자. 잘못 해석되고 믿게 된, 옳지 않은 신념이 있는지 찾는다. 10대의 나는 목소리에 대해 이렇게 생각했다.

'내 목소리는 작아. 말할 때 많이 떨고 말을 잘 못해.'

고등학교 2학년 시절 선생님의 한마디로 내가 생각해 왔던 내 목소리에 대한 편견을 깰 수 있었다.

"윤경아, 네가 책을 읽으면 친구들이 집중을 잘해."

누군가 나에게 그런 말을 해줄 사람이 필요하다면 나 스스로가 그 사람이 되어 보는 건 어떨까?

둘째, 내 삶의 가치는 무엇인가? 성장, 봉사, 안정, 창조, 신뢰 등 여러 가지의 가치를 갖고 인생을 살았을 때 마지막 순간 '참 잘 살았다.'고 생각될 만한 가치를 찾는 것이다.

20대 초반, 라디오 DJ를 꿈꾸던 모습이 떠오른다. 좋은 기회로 한 백화점 아나운서로 취업했다. 오전에 직원들의 생일을 축하하고 신청곡을 틀어 주는 일은 즐거웠지만 주된 업무인 안내 방송은 즐겁지가 않았다. 목소리로 힘이 될 수 있는 일을 찾고 있었는데 안내 방송은 그렇지 않다고 생각했다. 스스로 가치를 낮게 부여하고 원하던 DJ라는 직업에만 가치를 높게 부여했다. 내가 추구하는 가치가 '진정성과 신뢰', '나눔과 봉사'라는 걸 미리 알았다면 달랐을 것이다. 내 목소리로 사람들의 물건을 찾아주고 정보를 주며 직원들의 생일 축하 방송을 하고 사람들에게 기쁨을 줄 수 있는 일을 하는 곳이라고 생각하며 일했다면 어땠을까?

지금의 나는 내 삶의 가치가 '다른 사람에게 도움이 되는 것과 신뢰를 주는 것'이라는 것을 알고 있다. 지금 하는 일이 이러한 가치를 추구하기 위해 필요한 부분이라는 생각을 하며 일한다. 직업적인 것뿐만 아니라 배움에 있어서도 더 감사하면서 더 즐겁게 한다. 그리고 지금의 목소리는 '신뢰와 나눔'이라는 가치에 맞게 조금씩 변화했고 지금도 변화하고 있다.

셋째, 나는 어떠한 것이 충족되었을 때 최상의 나를 만날 수 있을까? 욕구와 관련된 부분이다. 언제 편안함을 느끼는지 어떠한 상황에서 불편함을 느끼는지 알 수 있다. 윌리엄 글래서_{William Glasser}는 인간의 행동이 선택에 의해서 이루어지며 인간의 선택은 다섯 가지 기본적인 욕구를 충족하기 위해서 움직인다고 주장한다. 그가 말하는 다섯 가지 욕구는 '생존', '사랑과 소속', '힘과 성취', '자유', '즐거움'이다. 욕구는 기대를 만든다. '오늘 발표 잘하고 싶다. 사람들이 잘 들어주겠지?' 하는 기대가 충족되면 욕구와 일치하기 때문에 기쁨과 만족이라는 긍정적인 감정을 경험한다. 하지만 그렇지 않을 때는 두려움, 슬픔, 분노 등 부정적인 감정을 느낀다. 이 감정은 표정과 말, 행동을 통해 밖으로 드러난다.

나는 '자유'의 욕구와 '성취'가 강한 편이다. 무언가를 결정할 때 나 스스로 선택하는 것을 좋아한다. 수업을 할 때 '내 목소리를 찾게 되었어요.'라는 말을 들으면 욕구가 충족된다. '전 왜 이걸 해야 하는지 모르겠어요.'라는 말을 들으면 부정적인 감정을 경험한다. 하지만 그럴 때 '난 안 되는 사람이야. 이 일과 맞지 않아.'가 아니라 '내 욕구가 충족되지 않았구나.'라고 생각한다. 그리고 그 사람에게 도움이 될 수 있는 다른 방법을 생각해 본다.

자, 이제 나 자신을 조금 더 깊게 들여다보는 시간을 가져보자. 말과 목소리에 대해 어떠한 생각을 갖고 있으며 내가 추구하는 가치와 욕구를 살펴보자.

목소리는 나를 담는 그릇이다. 목소리 안에 오롯이 내가 담길 때, 나의 목소리 또한 오롯이 내가 되어간다. 진정한 변화는 목소리만 바꾸는 것으로 충분하지 않다. 목소리를 통해 진정한 내가 되어가도록, 오늘도 목소리에 나를 담아가기를 바라본다.

감사의 말

감사합니다.

이 세상에 나왔고 여기까지 오기 위해 만난 모든 분들께 감사드립니다. 집 앞 작은 숲에 와 있습니다. 감사함을 어떻게 전할까 생각하려고요. 새 소리가 들립니다. 코끝으로는 꽃향기가 전해집니다. 피부로 바람을 느낍니다. 고개를 드니 구름이 지나가네요. 자연이 내게 말해주는 것 같습니다. 잘하려고 하는 걸 내려놓으라고, 주위를 보라고, 그리고 온몸으로 느껴보라고……. 복잡한 생각은 사라지고 충만해졌습니다. 그 느낌 그대로 소리 내어 말해 봅니다.

감사합니다.

세상에 나올 수 있게 품어주시고, 세상에 나온 후에도 내 길을 스스로 찾을 수 있게 믿어주신 엄마, 아빠. 침묵에서 나오는 말이 힘이 있다는 걸 경험으로 알게 해 준 오빠.

아이들의 걱정을 내려놓고 일을 할 수 있게 배려해주시고 넓은 마음으로 이해해주시는 어머님, 아버님 그리고 친척들. 사랑하고 감사합니다. 〈내 인생의 첫 책 쓰기〉의 오병곤 사부님 감사합니다. 사부님이 해주신 '너는 생각보다 더 큰 사람이야.'라는 말 덕분에 하려는 일에 한계를 두지 않게 되었습니다. '작은 숲'으로 불러 주며 응원해 주신 선산, 아트만, 두근, 이다, 샤론, 공기골, 헤셋 동기 일곱 분께도 진심으로 감사드립니다.

12년 전 조성희 대표님과의 만남은 좋은 목소리와 긍정적인 마인드는 떼려야 뗄 수 없는 중요한 관계임을 경험하게 되었고, 삶과 수업에도 잘 적용하고 있습니다. 감사합니다.

새로운 경험을 할 수 있게 먼저 가본 길을 알려 주시는 알렉산더 테크닉 김경희 대표님, 소리 명상을 경험하게 해주신 이정은 소장님, 매 순간순간의 경험이 중요함을 알게 해주신 한국 MBSR 연구소 안희영 소장님, 자애통찰명상원 김재성 원장님, 다도의 매력에 푹 빠지게 해주신 노갑규 선생님, 이 모든 건 나를 이 순간에 있게 하고 '머리로 외우는 것이 아닌, 몸으로 천천히 익히는 것'의 즐거움을 경험하게 해주었습니다. 감사합니다.

주변의 응원은 저를 춤추게 했습니다.

늘 마음으로 응원해 주시는 문지영 대표님, 유현지 교수님, 유선영 소장님, 윤은영 선생님, 이세윤 선생님, 황도원 코치님, 조은재 코치님을 비롯해 제 수업을 들어 주시고, 함께 좋은 에너지를 전해 주신 모든 분께 감사드립니다.

저의 유일한 친목 모임인 와인공주 멤버, 선영 언니, 정하 언니, 소영 언니, 미영이, 그선희. 그리고 자주 못 보아도 늘 힘이 되는 친구 희정, 정은, 미라, 지은, 서연샘, 아이비님, 얼굴 자주 보지 못해도 늘 든든하고 힘이 됩니다. 고맙습니다.

그리고 하고 싶은 말을 책으로 엮을 수 있게 도움을 주신 텍스트CUBE 김무영 대표님과 소통과 편집을 담당해 주신 이슬기 편집자님, 책이 잘 알려질 수 있게 노력하고 계신 유림 마케터님, 메시지를 표지에 잘 담아 주신 디자이너님, 인쇄소 직원분들, 이 외에도 책이 나올 수 있게 보이지 않는 곳에서 도와주신 모든 분께 감사드립니다.

마지막으로 '목소리가 외형을 이긴다.'는 걸 직접 보여준 내 편 윤희 씨, 고맙다는 말밖에……. 지금껏 그랬듯 앞으로도 늘 고마운 마음 갖고 지낼게요~ 사랑합니다. 그리고 "난 엄마 목소리가 제일 좋아!"라고 말해 주는 우리 현서, 선하(그럴 때마다 "얼굴은?"이라고 묻고 싶지만^^).

잘 자라줘서 고맙고 너희를 보며 더 많은 것을 배우게 돼. 엄마의 아들, 딸이 되어 주어 고마워. 사랑한다.

여기까지 오는 길에 만난 모든 분의 이름을 담고 싶었지만 물론 다 담지는 못했겠지요. 혹시라도 내 이름이 나오지 않았다고 서운해하지 않으셨으면 합니다.

작은 숲도 처음부터 숲은 아니었겠죠. 누군가가 나무를 심고, 또 풀이 나고 꽃이 피고 새들이 찾아오고……. 이 모든 것들이 모여 작은 숲이 되었듯 저 혼자였다면 여기까지 오지 못했을 것입니다. 다 덕분입니다.

자. 다시 한번 호흡을 고르고, 여기까지 오는 길에 만난 모든 분. 또 앞으로 만나게 될 인연에게 마음을 담아 말해 봅니다.

감사합니다……. 감사합니다.

참고자료/

표준국어대사전

[책]
김윤나, 『자연스러움의 기술』, 넥서스BOOKS, 2019
김지경, 『내 자리는 내가 정할게요』, 마음산책, 2020
마르틴 부버, 『나와 너』, 대한기독교서회, 2020
정병욱, 『잊지 못할 윤동주』, 1976
제임스 클리어, 『아주 작은 습관의 힘』, 비즈니스북스, 2019

[시]
윤동주, 「서시」
잘랄루딘 루미, 「봄의 정원으로 오라」
잘랄루딘 루미, 「여인숙」
제임스 T. 무어, 「오직 하나뿐인 당신」
척 로퍼, 「나는 들었다」

[방송 및 드라마, 영화]
JTBC, 〈뉴스룸〉, 2015
KBS1, 〈아침마당〉, 2004
KBS2, 〈동백꽃 필 무렵〉, 2019
KBS2, 〈스펀지〉, 2006

SBS, 〈스위트 뮤직박스〉, 2001
김도영, 〈82년생 김지영〉, 한국, 2019
에단 호크, 〈피아니스트 세이모어의 뉴욕 소네트〉, 미국, 2014
오모로 다쓰시, 〈일일시호일〉, 일본, 2018
이준익, 〈동주〉, 한국, 2016
제임스 카메론, 〈아바타〉, 미국, 2009

[기사]
Philip Jaekl, The real reason the sound of your own voice makes you
cringe, The Guardian, 2018

[노래]
카니발, 〈그땐 그랬지〉, 1997

[명상]
김재성, 자애통찰명상원
안희영, 한국 MBSR 연구소
이정은, 음악 명상 심리치유연구소
최민준, 아들연구소

목소리, 나를 담다

1판 1쇄 발행 | 2021년 8월 1일
1판 2쇄 발행 | 2023년 1월 19일

지은이 | 조윤경

펴낸이 | 김무영
편 집 | 이슬기, 김은미
디자인 | 윤혜림
독자편집 | 강민아, 공두연, 김애영, 김효순, 배정인, 변지영, 서민정, 석승희,
         송혜원, 이지숙, 임선진, 장지향, 장혜진, 진창숙, 한은자, 황경희

펴낸곳 | 텍스트CUBE
출판등록 | 2019년 9월 30일 제2019-000116호
주 소 | 03190 서울시 종로구 종로 80-2 삼양빌딩 311호
전자우편 | textcubebooks@naver.com
전 화 | (02) 739-6638
팩 스 | (02) 739-6639

ISBN 979-11-968264-8-2 03810